一本正經
胡說八道

目　錄
CONTENT

第一篇　日常事件大揭密

第二篇　職業相關大揭密

第三篇　美食指南大揭密

第四篇　奇幻典故大揭密

特別收錄　獨家攻受大揭密

第一篇

日常事件大揭密

◇我為什麼會一直流眼淚？

文／二九色長

事情是這樣的，我覺得我有病。

當然這不是在說普遍意義上的腦子有病，我是說我真的生病了。

前幾天早上我起床之後，發現自己一直在流眼淚，怎麼擦都停不下來，明明眼睛一點不舒服的感覺都沒有，但我還是不停地掉眼淚。

一開始我並沒有把這件事放在心上，我從小就體弱多病，各種奇奇怪怪症狀多了去了，通常過不了幾天這些病就自行痊癒了。

但是一個星期後，流眼淚的症狀不見絲毫好轉，反而越來越嚴重，我的眼睛紅得快和兔子差不多了，我終於認識到了問題的嚴重性，我是真的病了。

於是我乖乖來醫院報到。

一路上我的眼淚就沒有停過，時不時有路人駐足用奇怪而憐憫的眼神看著我，彷彿在看一個被男朋友劈腿後又被殘忍拋棄的落魄女青年。

太委屈了，我明明是個母胎單身狗。

為此我又落下了幾滴眼淚。

我眼眶裡全是眼淚，眼前一片模糊，幾乎看不清東西，我摸索著去掛號。今天運氣比較好，醫院人少，我掛了號之後直接就往眼科走。

我推開門，勉強能辨別出桌子前坐了一個人，穿著白袍，多半就是醫生了。

顯然我這樣滿臉淚來醫院還是不少的，醫生淡定地抬頭看了我一眼，波瀾不驚地低下了頭，問道：「名字？」

「葉曉。」我一邊擦眼淚一邊道。

「症狀？」

「眼淚一直流個不停。」

醫生「刷刷」地寫下一行字，又等了一會兒，發現我沒有再說話，抬頭道：「沒了？」

我捂著眼睛點點頭，眼淚流得越來越厲害，再這樣下去我就要以淚洗面了。

一陣腳步聲響起，一股淡淡的清香隱隱約約地傳過來，很好聞，我情不自禁地想要再聞清楚些，忽然一隻手搭在了我的手腕上，把我遮著眼睛的手拉下來。我滿眼都是淚，朦朧地看見一張臉朝我靠近，最後在距離我約五公分的地方停下。

這一次我看清楚了，醫生原來是位美人。

她微微皺著眉看著我的眼睛，另一隻手緩緩地抬起來，想要摸我臉的樣子，一瞬間我腦中已經閃現了無數種瑪麗蘇經典套路，只等著醫生摸上我的臉，我就喊變態流氓不要啊。

然後醫生無情地用雙指大大地撐開了我的眼皮。

「眼白裡全是血絲，看症狀也不像是發炎，」她認真觀察了一番，手指撐到我快翻白眼了才放過我可憐的眼皮，得出了一個我自己上網搜尋都可以知道的答案，「妳家最近死人了嗎？」

我：「……沒有。」

「這樣啊，那看來不是鬧鬼了。」她用非常嚴肅的語調說出這番話，拖過椅子和我面對面坐下，一副要促膝長談的樣子，「那麼是男朋友劈腿了？」

……等、等一下，不打算解釋一下鬧鬼是怎麼回事嗎？還有這種心理諮詢的架式是什麼鬼啊，這裡不是眼科嗎？

「那個啊，」她輕描淡寫地「喔」了一聲，「是這樣的，曾經有很多病人到我這裡來說他們一直流眼淚，怎麼也治不好，最後我發現其實是他們的親人好友去世了，他們由於太過悲痛就一直哭，最後形成了習慣，二十一天形成一個習慣妳知道的吧？他們就是這樣，有些是整天都哭，有些是特定的時間點開始哭，要戒掉習慣是很困難的，所以我建議他們使用厭惡療法，想哭的時候就搧自己一耳光，漸漸地就不哭了，很有效，」她頓了頓，補充道：「最後他們都去了耳科。」

「原來如此，」我茫然地點點頭，「但是這和鬧鬼有什麼關係？」

「有相關研究表明，鬼其實是一種特殊磁場，這種特殊磁場會對人體產生不明作用，有一些人流眼淚其實是受到這種磁場的影響，」她耐心地向我解釋：「這種特殊磁場是由人死後身體裡的生物電產生的，我把這種現象通俗地稱為鬧鬼，所以剛才才會問妳是不是家裡死了人。」

「是這樣啊。」我恍然大悟，醫生的知識面可真廣。

「但是妳的情況有些複雜，」她臉色凝重地看著我，右手食指在我的眉間那塊地方輕輕地戳了戳，「我從沒見過妳這樣的症狀，從妳剛才的反應來看，妳也不像是有男朋友的樣子，更別說被劈腿了，所以我懷疑……」

我緊張地豎起耳朵聽她接下來的話。

她深深地吸了一口氣，語氣沉重道：「妳可能是眉間的天靈宮破開了，少了一魂兩魄，我們需要把它們找回來才行，不然妳再這樣哭下去，很可能會瞎掉。」

我：「……」

等等，信息量有點大。

但是衝著我快瞎了那句話，我信了。

我迷茫地站在遊樂園門口，迎風流著眼淚等著林醫生。

遊樂園來來往往的人又在用那種奇怪的眼神看我了，而我只能掩面而泣。

要死了，林醫生再不來，我擦眼淚的紙都快用光了。

我現在這樣和瞎子沒什麼區別，看見的都是雞蛋一樣的人影，根本分不清哪個才是林醫生。

直到一陣熟悉的清香出現在我的嗅覺範圍裡，我才知道她來了。

「我們走吧，」她低聲道，牽起我的手就要往遊樂園裡走，「先坐雲霄飛車還是海盜船？」

我：「……我，我們不是來找我的一魂兩魄的嗎？」

說實話我也不是很明白為什麼要到遊樂園來找。

她奇怪地看我一眼，理所當然道：「當然是來找魂魄的，魂魄最愛往高處飄，我們要到高處才找得到，還是說妳想先坐自由落體？」

我雙腿一軟，「不，不了，還是雲霄飛車吧。」

她慎重地點點頭，叮囑道：「一會兒上去之後，妳一定要好好感受一下魂魄在哪裡。」

我一愣：「這要怎麼感受？」

「用心感受。」她非常嚴肅地回答我。

我：「……」

好吧，按照林醫生的思維，把魂魄這些東西翻譯一下，大概就是指磁場腦電波之類的吧？她也許是想讓我的腦電波在高空中和所謂「魂魄」的波共振一下？

這麼一想就科學多了，我終於明白了自己上雲霄飛車的任務，並在心底為自己加油打氣。然而我吊在雲霄飛車的軌道上甩來甩去後，我才知道我之前的想法有多簡單、多天真。

林醫生的治療原理怎麼可能像我想得那麼簡單，天旋地轉中我感覺我的腦電波都快被甩出大腦了，想要和高空的波產生共振簡直是天方夜譚，最後我一路哭著尖叫著坐完了雲霄飛車。

林醫生扶著臉色蒼白滿臉淚水的我在路邊的長椅上坐下，關切地問我：「有什麼感覺嗎？」

「感覺……」我顫抖著嘴唇回答她：「想吐。」

林醫生一聽就皺起了眉，思索了一會兒才道：「想吐是正常的，看來讓現在的妳去感應魂魄還太勉強了些，原本我是想藉助雲霄飛車這個偏壓電阻讓妳的腦電波和魂魄進行耦合，現在這個方法是行不通了……妳先休息一下，一會兒我們去試試海盜船，我去給妳買些吃的。」

你看我說什麼來著，果然是腦電波的原理吧。

林醫生除了解釋醫學原理這一點比較讓人感到難以理解之外，其他地方還是挺好的。

嗯……如果不算她給我帶回來的、聲稱是「翻譯腦電波的數據機」的壓縮餅乾的話。

之後我們去坐了海盜船，除了我坐在船上死死抓住林醫生的手臂尖叫以致把她的手臂抓出了瘀青之外，我們一無所獲。

「一定是我們把什麼地方搞錯了。」林醫生揪著自己的長髮苦苦思索。

我贊同她的觀點：「說不定魂魄的波不在高空呢？」

「不會，一定在高空中，靈魂重量為二十一克，一魂兩魄的重量會更輕，形態拉長成無限的波形之後，根據流體力學，它們會飄在空中，」林醫生否定了我的猜測，「我懷疑，可能是訊號產生器出了故障。」

「訊號產生器？」

「就是妳的腦子，」她鄭重地看著我，「我懷疑妳的腦子有問題。」

我：「……我覺得應該沒問題。」

「是嗎？」她的表情一下子輕快起來，「那麼我們就去試試自由落體吧，那個應該能更清楚地感受到魂魄。」

我：「不了，我突然覺得我腦子出問題了。」

林醫生的表情又苦悶起來，我一邊擦著我臉上永遠都擦不完的眼淚，一邊環視遊樂場有沒有什麼更安全的高空遊戲器械。

還別說，真讓我找到了。

「林醫生，摩天輪也算是高空吧？」我指著遠處的大圓圈。

林醫生愣了一下，臉上顯出一點欣喜的神色，道：「好，我們就去那裡試試。」

排隊的空檔裡，林醫生詳細地向我解釋了摩天輪對腦電波的作用原理：摩天輪是個電容。

我物理不大好，只能微笑著聽林醫生說。

終於登上了摩天輪，我坐在座位上看著外面的風景，而林醫生則緊張地看著我，我們都在等待著升到最高點的那個時刻。

車廂緩慢而穩定地上升，在即將到達最高點的前一秒，林醫生緊張地握住了我的手，我轉頭看向她，摩天輪頂點處的絕景都成了無所謂的背景，我看著林醫生的眼睛，清晰地體會到了她所說的腦電波耦合的那種感覺——

酥麻的，宛如短路了一般的，電子在我大腦裡相撞的微微震顫感。

當我從這奇異的感覺中回過神來時，林醫生正關切地看著我，「妳還好嗎？」

我愣愣地看著她，也許是我的錯覺，我的眼淚似乎少了一些。

看來林醫生的理論並沒有錯。

我握緊她的手，「林醫生，我感覺到了……一股電流一樣的東西。」

林醫生眼神裡浮出些許激動的情緒，「對！那就是靈魂與靈魂交融的感覺！這種美妙的交融感會刺激大腦神經產生多巴胺，令人擁有難以言喻的愉悅感！這種感覺會隨著局部電流傳遍全身……」

我：「……」

好吧，以我的智商還是不要妄想聽懂林醫生在說什麼了。

我和林醫生從遊樂園出來，我的眼淚雖然少了一點，但還是一直在流，林醫生說這是因為我這次只找回了一魄，還有一魂一魄沒回來，還要再去另外的地方找。

「為了不讓妳的眼睛瞎掉，這段時間只能辛苦一點了。」林醫生一臉認真地對我說。

我也認真地答應了。

只是我怎麼也沒想到，林醫生說的另外的地方，竟然是電影院。

這一次林醫生沒有讓我流著眼淚在電影院傻等，我到的時候，林醫生正在買票。

我：「林醫生？」

林醫生專注地看著售票 LED 電子屏，完全沒有理我。

我擦著眼淚又叫了她一聲：「林醫……生？」

我遲疑地看著林醫生買下了兩張愛情電影的票。

也許是我太過詫異，最後聲音大了點，周圍有不少人都開始看向我，看到我這樣淚眼婆娑神色震驚地盯著林醫生，他們又紛紛露出惋惜的眼神看向林醫生。

他們大概是在腦袋裡腦補了什麼被出軌的怨婦看見美貌小三忍不住哭了起來的奇怪情節吧。

林醫生終於在這個時候發現了我，見我滿臉眼淚，擔憂地走過來，仔細觀察我的情況，「怎麼了？是訊號產生器又壞了嗎？」

我：「……」

等等，為什麼要說「又」？

「我腦子沒有壞，林醫生妳放心，」我扔掉濕透的紙，「不會影響妳的治療方法的。」

我本以為林醫生聽到這樣的話會感到高興，但是她卻冷靜地搖了搖頭，道：「事實上，我回去研究了一下，發現我們的治療方法並不是最有效的，所以我為妳重新制訂了治療方案。」

聽到她這樣說的一瞬間，我是很高興的，以為她終於要放棄那種晦澀難懂的治療方法了。

我表示對新方案很感興趣，她露出欣慰的笑容，開始向我解釋她的治療原理。

「事實上，我之前說妳流淚是丟失魂魄導致的這句話是不對的，這應該是另一個概念，」林醫生見我擦眼淚忙不過來，也幫著我擦，一邊擦一邊說道：「妳的這種情況，應該稱為程式崩潰。」

我一頓：「……什麼？」

「簡單來說，就是有 bug 的意思。」林醫生看向了我的頭。

我：「……就還是我的腦子有問題的意思？」

林醫生皺了皺眉，「雖然這樣說太不專業，但勉強算是這麼回事吧。」

「所以，我們今天來電影院是為了……」我想起她買的電影票。

「為了來給妳的腦子打補丁。」她沿用了我對主程式的昵稱。

雖然聽不懂是怎麼回事，但是好像很厲害的樣子。

她揮了揮手上的票，「我們要從這種C語言編寫的簡單程式中，獲取妳所需要的補丁。」

我：「……」

我覺得我現在之所以會這麼一直流眼淚，是因為腦子裡進的水太多了，根本聽不懂林醫生在說什麼。

「總之，任務就是從程式裡挑出妳所需要的語句，這個『需要』我無法幫妳判斷，要靠妳自己去感覺，」一開始進場了，林醫生加快了語速：「就像妳上次在遊樂園感受到的那種愉悅感一樣，選擇了正確的補丁後，妳會有一種無與倫比的順滑暢快感。」

我艱難地理解著林醫生的話，七七八八地翻譯過來，大概就是要我從電影中看出人生哲學，從而實現對精神的昇華，靠著意念治好流眼淚的毛病？

林醫生真是個好醫生，已經開始採用心理療法了嗎？

雖然難度有點大，但是我會努力的。

為了照顧我幾近盲人的眼睛，林醫生貼心地選擇了第一排正中間，並在落坐後向我遞來一桶爆米花。

我淚流滿面地看向她，林醫生輕聲解釋道：「妳複製代碼的時候會耗電，這是補充電力。」

我想了想，覺得她可能是在說用爆米花補充我即將消耗的腦力。

林醫生真是太體貼了，但是補充腦力的話，不是該用核桃嗎？

我正想和林醫生探討一下關於藥膳的哲學，電影卻已經開場了，一片黑暗中我只能乖乖閉嘴。

電影是很俗套的愛情片，男女主角一開始非常恩愛，然後又火速地像腦子進水了一樣莫名其妙地吵了一架，最後又因為女主離奇地無精子懷孕而重修舊好，我最期待的激情戲被剪了個乾淨。

「有什麼感覺嗎？」電影結束後我們從放映廳出來，林醫生細細地詢問我的症狀，看起來很緊張的樣子。

我問她為什麼這麼緊張，她說：「我怕妳的主程式感染了病毒。」

我：「……」

從某個方面來說，這部電影是挺毒的。

我搖了搖頭，並不好意思和林醫生說我看到一半就睡過去了，事實上，我整場電影都在流眼淚，遲到進場的人看我哭得那麼厲害幾乎以為這是一部慘絕人寰的悲情片。

林醫生知道我沒有發現什麼有用的代碼後，並不像之前一樣焦急，只是淡定地點了點頭，道：「不急，我們還有這麼多程式可以慢慢找。」她指了指 LED 顯示幕上滾動播出的電影。

我看了看，只覺得眼前一黑。

「林、林醫生……」我看著顯示幕上各種奇形怪狀的電影，心裡產生了一種深深的憂慮，

「這麼多電影，我會看到腦子壞掉的。」尤其是那些叫做《後宮宮鬥2》、《匆匆那年我們遇過的人渣》什麼的電影，我懷疑我看了之後眼淚會流得更厲害，因為眼睛被辣到了。

林醫生認真地聽取了我的建議，道：「的確，要是妳的主程式被這些包裝過的木馬病毒入侵了就不好了。」

最後我們商量了很久，終於選出了兩部比較靠譜的電影。

說實話，我不大懂林醫生為什麼覺得一部鬼片是優質程式，可能醫生有醫生的判斷吧。

至於那部鬼片……我全程都是雙眼緊閉縮在林醫生懷裡熬過去的，連電影裡的鬼影都沒看見一眼，更別說從中感悟人生哲理來治好我眼睛的毛病了。

光聽聲音我都快被嚇哭了好嗎，還治什麼眼睛。

當我滿臉淚水橫流地走出來，站在一邊的工作人員同情地看了我一眼，可能是很少見到被鬼片嚇得像是尿在了臉上一樣的人。

我坐在椅子上緩解情緒，林醫生的臉色終於凝重起來，現在我們只剩下了唯一一部電影沒看，形勢可以說是非常嚴峻了。

我不禁懷疑起我們的方法是否用對了，道：「林醫生，看電影真的可以治好我的病嗎？」

「當然可以，」林醫生果斷地點了點頭，「從心理學上來講，電影的某些特定片段會對人的大腦產生某些特殊刺激，從而激發大腦的潛能，大腦受到刺激會發出指令控制人體細胞運轉，對人體上的各部件進行自動修補、更新、刪除，這個過程我將它稱為打補丁。」

我聽得懵懵懂懂，這看起來和我之前想的精神昇華不大一樣，林醫生的解釋總是出乎我的意料，她組織了一下語言又繼續說道：「只是讓我意外的是，連恐怖片裡都沒有能夠刺激到妳的情節，我懷疑妳的主程式裡產生了自主意識，在有意識地抗拒啟動自我防護程式。」

我：「……」

等，等一下，這是在說什麼？

林醫生嚴肅地觀察著我的頭，「我懷疑妳被人工智慧入侵了。」

我：「……林醫生，我是人。」

「人工智慧也認為它是人。」林醫生不為所動。

事情變得好像有些糟糕了，在我二十幾年來看過的所有科幻電影中，凡是提及人工智慧的，就沒給人工智慧什麼好下場。

所以說，我就要這樣被銷毀了嗎？我治個病怎麼就治成要命的絕症了呢？

林醫生看了看下一場電影的開場時間，道：「既然已經到了這個地步，那就只能孤注一擲了，我們先去把這最後一場看了，只希望妳能在這一個程式裡找到自己需要的補丁。」

事已至此，為了我的小命，我要更加努力了。

最後一部是雙女主角懸疑推理片，這一部比起之前的鬼片和愛情片好了不少，我坐在第一排看得很開心，就是脖子有點疼。

林醫生說這是個很複雜的程式，要我好好體會，然後她就出去了。

「我待在妳身邊的話，我的生物磁場可能會干擾妳的程式運行，妳的硬體設備會運轉出錯，所以我先去外面等妳。」林醫生是這樣解釋的。

我慎重地點頭答應，並表示自己一定會好好體會電影對心靈的治癒。

這部電影裡兩位女主角之間深厚的友誼的確非常令人感動，但治癒……

治癒個鬼啊！最後那部分有個女主角死了啊！這是致鬱吧！

我感覺我的大腦被毒到了。

我愣愣看著大螢幕，眼淚流個不停，滿心悲痛。

直到有個人摸了摸我的頭，在我耳邊輕聲問道：「妳還好嗎？」

熟悉的香味盈滿我的鼻間，放映廳裡昏暗的燈亮起來，大螢幕上還放著最後一點點花絮，我抬頭看著林醫生，她精緻的臉在光影交錯下顯得格外好看。

我眼眶莫名一熱，頭腦深處傳出一種異樣的麻痹感，帶著微癢傳遍全身。

大腦中那種滯澀和阻塞的感覺一掃而空，取而代之的是難以言喻的安寧與空靈，像是忽然卸掉了什麼負重一般的暢快感充斥著我的大腦。

就像是林醫生所說的那樣，主程式剔除掉 bug 打上補丁之後，會有非一般的順滑暢快。

「林醫生……」我的聲音帶著一些被震撼的顫抖：「我好像……找到補丁了……」

林醫生攬著我肩膀的手微微一緊，欣喜道：「那真是太好了！說明我對生物與程式機制的猜想是正確的！根據牛頓力學，程式運行順暢度和硬體設備運轉產生的摩擦力成正比，當我不在妳身邊之後，妳的身體部件就不會受我的磁場影響，摩擦力變小，清除 bug 的程式運行加快，補丁搜索程式的運行結果也就更加準確……」

我：「……」

等一下林醫生，我沒理解錯的話，妳這是拿我做了一次實驗啊？

「實驗是真理的唯一踐行標準。」林醫生一臉正直地說。

……看在我流眼淚的症狀又減輕了一些，就信妳一次吧。

為什麼我會在這裡呢？

因為林醫生說我的病還沒有完全治好，所以要貼身治療，要求我搬進了她的家。

「主要是怕妳瞎掉。」她誠懇地說。

我：「……」

事實上，從電影院回來之後，我流眼淚的情況好了不少，至少不會再淚流滿面被人當成失足女青年了。

為了防止我瞎掉，我還是聽從林醫生的意見住進了她家。

林醫生生活習慣很好，房子也沒什麼可挑剔的地方，唯一不大好的就是林醫生每天都在用不同的理論來研究我的病。

「從微觀學來看，妳流下的每一滴眼淚就是一個小型世界，妳知道人口持續增長的危害吧？世界也一樣，妳產生的眼淚越來越多，它們的核能量也堆積得越來越多，再這樣下去，遲早會發生爆炸。」林醫生沉重地道。

我：「……」

停，停一下，我又不是鮫人，流個眼淚連珍珠都流不出來怎麼可能流出一個世界啊！

和林醫生相處久了，我被薰陶得能勉強聽懂一些她的醫學理論了，她剛才說的那些話，翻譯一下其實就是「一花一世界」這樣的意思吧？

「哲學和科學是互通的。」林醫生肯定了我的猜測。

林醫生總是對我流眼淚的症狀表現出過度擔憂，並且不斷尋找更有效的方法來治療我。

她曾採用麻將治療法。

「搓麻將會刺激手部血液循環，並同時對穴位進行按壓，都說十指連心，血液通過反作用力進入妳的心室，促進渾身機能正常工作，保持妳身體的健康狀態，這時妳的大腦會放鬆下來。實驗證明，大腦在放鬆狀態下會釋放出某種致幻物質，我將在這時通過麻將的一筒對妳進行催眠，說不定能治好妳的病。」

最後搓到我手上起繭才放棄了這個方法。

林醫生還試過遊戲。

「遊戲能同時調動妳的左右腦，遊戲畫面的鮮豔色彩能麻痺妳的視覺神經，妳的注意力將會被遊戲裡的各種人物分散，這時候大腦會超負荷運轉，不斷壓榨妳身體的潛能，妳對外界的感知力將會降到最低，如果我在這時候斷掉電腦的電源，妳的情緒會頓時崩潰，思維將會變為非標況下的氣態，混亂而無序，這是重新組織妳腦部神經的好機會，只要我把妳的神經搭對，妳的病就能治好。」

最後她的電腦被弄壞了。

各種治療方法我幾乎都嘗試過了，有些靠譜、有些不靠譜，或許一開始這些方法還沒見效，但是時間一長，潛藏的效果積累起來，我流眼淚的毛病竟然真的在漸漸好轉。

直到今天早上我起床，發現自己終於，沒有再流眼淚了。

我立刻把這個好消息告訴了林醫生，林醫生表示為我感到高興，並準備在今晚親手做一頓慶祝的晚餐。

林醫生是很少自己做晚餐的，她總覺得廚房的調味料都是有毒化學藥劑。

而我今天回到林醫生的家時，發現她正認認真真地在流理臺前切菜。

「我回來了。」我向她打招呼。

林醫生背對著我點了點頭，放下切好的菜，轉過身對我招招手，道：「我正在想妳的病到底是怎麼產生的，現在終於想明白了，妳過來看。」

我好奇地走了過去。

林醫生指著爐盤對我說：「妳打開它試試。」

我從善如流地開了火。

林醫生點點頭，「我今天看著這個火，才終於明白了妳這病的病因，我淺顯一點講，妳的病就像是這火一樣，是體內積聚的能量太多，摩擦生熱的原理妳應該知道吧？這些能量在妳的身體裡不停地摩擦碰撞，到一個極限後，就爆發出妳難以承受的熱能，為了釋放這些能量，妳的身體就自主地選擇了通過流眼淚的方式來散熱，因為水的比熱容最大。」

我心裡產生了一種不好的預感：「也就是說……」

「也就是說，妳流眼淚的原因，」她雙手扶住我的肩膀，鄭重其事地道：「是妳上火了。」

我：「……」

我搬出了林醫生的家。

當然我並不是氣她，只是我病都好了也沒理由再賴在人家家裡。

但是我萬萬沒想到，林醫生會主動來找我。

「林……醫生？」我有些遲疑。

林醫生禮貌地點頭，道：「是這樣的，在那天妳走之後，我算了一卦。」

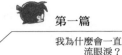

我：「……」

「卦象表示，妳命格屬火，所以才會上火到眼淚流個不停，而且就算這一次流眼淚的毛病好了，要是不採取什麼措施，以後還會持續性地上火，患上慢性上火後遺症，」林醫生表情十分嚴肅，「妳命裡缺水，需要找一個屬水的人陪在身邊才能化解命中這一劫。」

我已經不知道要做什麼表情好了：「……所以？」

「……我叫林淼，命格屬水，」林醫生神情認真，「我們可以做朋友嗎？」

我：「……」

……噗。

現在的醫生交朋友都這麼可愛嗎？

我對林淼微微一笑。

「當然可以。」

我提著菜回到家，看見林淼正嚴肅地看著一本相冊，彷彿在審視著什麼一般。

相處了這麼久，我早已經習慣了她這樣的表情，就像當初她一本正經地對我胡說八道一樣。按照經驗，她越是嚴肅，就越沒什麼重要的事。

於是我漫不經心地走過去，彎腰看了看她手上的相冊。

唔，是當初在遊樂場拍的照片，上面的我一臉茫然，毫無遺漏地顯示出我那時被林淼洗腦的傻氣。

「妳看這個幹什麼？」我隨口問道。

林淼輕輕合上相冊，非常科學嚴謹地解釋道：「有研究表明，經常通過照片回憶過去能激發人體中的荷爾蒙，使人產生一種深陷過去、迷離憂鬱的迷人氣質，並且回憶過去的這種腦部活動能促進大腦血液循環，血液通過加速流動來疏通頸部血管，以減輕頸部疼痛的症狀，我……」

「好了好了，我知道了……還迷離氣質，妳腦回路就夠謎了還要什麼迷離氣質？」我嘆口氣，自覺地走到她身後幫她按摩頸部，「妳是不是看書看久了脖子又痛了？」

如今我已經能夠從她天馬行空的話裡截取出正確的資訊，但有時候理解起來確實有點累：「真是的……什麼時候妳才能好好說話啊？當初也是這樣，唬得我一愣一愣的，還把我騙到遊樂場和電影院裡去，醫生都像妳這麼會套路？」

林淼閉上眼睛放鬆了肌肉，聽到我說的話臉上表情都沒變一下，道：「怎麼能說是套路，從醫學上來講，我是在幫助病人放鬆治療的心情以達到更好的治療效果……而且最後不是治好了嗎？」

我簡直哭笑不得：「妳還好意思說？最後就說我是上火了還有平時用眼不衛生，給了我一瓶眼藥水就把我打發了，妳一個醫生，良心不會痛嗎？」

「啊……」她裝傻地站起來，笑眼看著我，提著買回來的菜進了廚房，小聲說了一句話——

「這樣不也挺好的嗎？」

（完）

◇家具世界的弱肉強食究竟有多殘酷？——

文／王說

床的繁衍

春天到了，又到了交配的季節。一張四柱床在人行道上徘徊，床頭櫃一進一出，發出噗噗的響聲。這是一種人耳聽不到的低頻震顫，但是十公里之內所有床都能聽見——她在召喚著可能存在的伴侶。

聽不見的應該是低頻吧？

很快，她得到了回應。一張歐式床從道路盡頭蹣跚走來。

床中的雄性往往比雌性個頭要大上許多，寬度達二至二點二公尺，體重在一百到一百三十二磅之間。床上鋪滿了漂亮的錦緞絲絨、天鵝絨蠶絲被以及成套的、帶有維多利亞風格的金黃色流蘇靠枕，襯托得他驕傲、漂亮又強大。雄性在發情期總是會盡力搜集各式各樣的裝飾品，這展現了他的實力與審美，說服雌性他的基因更具有競爭力。

他開始繞著四柱床跳舞。四柱床站在原地，對他進行著考量。

正當四柱床搖擺不定之時，情敵出現了。

那是一張明式六柱架子床。因是後人仿品，在門楣及床幃上，刻著林黛玉進大觀園的群像，栩栩分明，穠華非常。四柱床一下子就被他吸引了。也許是因為他們都可以撐起床幔，這讓她在陌生的求偶者身上，找尋到一絲熟悉的氣息。

歐式床當然不會善罷甘休。他退了兩步，用後腳支撐著街沿，彎下了本就不高的身體，做出進攻的姿態。腹部的抽屜大張，一進一出啪啪作響，大聲威嚇著他的情敵。

而明式六柱架子床也不甘示弱，用左前足刨了刨地。風吹起他的床幔，露出他堅硬有力的承塵。

一瞬間，兩張床廝殺在一起！

你來我往，衝撞撕咬；靠枕橫飛，床幔分裂。

明式六柱架子床最為吸引雌性的立柱，此時成了他的弱點。因為太高太瘦，當歐式床拚上全身的重量飛起來衝撞他之時，只聽見「咔」一聲響，立柱被撞斷了！明式六柱架子床搖搖晃晃後退了幾步，似乎不敢相信自己的失敗，直到腰部傳來鑽心的疼痛。

最終，他一瘸一拐、垂頭喪氣地走了。

歐式床把渾身上下的抽屜都掀了出來，雄赳赳氣昂昂地展現著他的陽剛之美，無情地奚落著情敵軟弱的背影。

而四柱床終於徹底為他折服，溫順地走到他身邊。

歐式床跳上了四柱床。床的交配異常短暫，事實上，能帶來繁衍的交配一年只有三分鐘。不過，似乎是為了彌補發情期的短暫，同性性交在床類身上十分常見。有時候床並不能分得清躺在身上的是人類還是其他床，會做出一些撫摸、挽留的舉動，讓人清晨起不了床。

三個月後，四柱床將生下一張歐式四柱床。但那與歐式床已經沒有關係了。雌性總是三五成群地居住在人類的屋簷下，互相照拂，撫養孩子；而雄性總是獨來獨往，從不承擔撫養的義務。

至於那張明式六柱架子床，他會回到他的博物館，然後由專業的古文物修復專家進行照料。雖然他在自然界沒有競爭優勢，但因為明式家具的稀少，他會成為人工授精的來源。雖然不能享受交配的樂趣，但是他的基因會源源不斷地流傳下去。

衣架的冬天

當第一件過時的衣服被丟在地上的時候，圓形衣架早已為自己找到了一個溫暖的抽屜，準備在那裡度過冬天。在一年之中最寒冷的時節，他大部分時間處於冬眠狀態，偶爾會醒來進食。所以他需要盡可能地儲存更多乾燥衣物，在觸手可及的地方及時為自己補充人造纖維。一個圓形衣架，在一個冬天平均消耗五十件衣服。

然而，除了同類，他的競爭對手還有很多。他跑到地攤上的時候，發現一群衣櫃已經占據了那裡。他們大口大口地咀嚼散亂遍地的衣物，將它們收入囊中。

衣架站在邊上，急得原地打轉。

這個時候，進食的衣櫃突然抬起頭來，昏黃的雙眼掃向衣架的方向。衣櫃的視力非常差，在黑夜裡幾乎是個瞎子，可他們的聽覺、嗅覺都十分發達，圓形衣架踩在草叢裡的窸窣聲足以驚動他們。

圓形衣架身上投下一道陰影，巨大的衣櫃笨拙地朝他咬來。

「嘰嘰嘰嘰——」圓形衣架有條不紊、前後邁動著他短小的夾子，一溜煙跑到電線杆上去了。

他是衣架中帶有褲夾的那種，十個夾子雖然很小，但是靈活、有力。雖然衣架算是小家具，但是他的腦容量在同等體積的家具中算是最高的了，操縱十個夾子也綽綽有餘。他爬到高高的電線杆上，搓著兩個前夾，觀望著那一夥入侵者。

衣櫃失去了他的獵物，繼續低頭啃食衣服。作為牛津布藝衣櫃，他和木質衣櫃不一樣，是雜食動物。偶爾吞吃衣架來補充自身所需要的鐵元素以及塑膠粒子，這些元素說明他能更好地儲藏衣物，熬過漫長的冬天。

這群衣櫃吃完了地攤上的衣服，浩浩蕩蕩地前進。圓形衣架從電線杆上溜下來，找尋著漏網之魚。可是除了一些破了洞的臭襪子，什麼都沒剩下——圓形衣架是不吃破了洞的衣物的。

他決定離開他的領地，去找尋其他的服裝棄置點。

他剛剛翻過人行道，就遇見了同類。圓形衣架的領地意識非常強烈，特別是在準備過冬衣物的深秋，所以他立刻遭到了一頓迎頭痛擊。圓形衣架沒有戀戰，他知道他的對手不是鄰居，而是時間，因此夾著腦袋上的鉤子爬到了電線杆上掛著，用後夾子理了理身上的塵土。他打算順著電線穿越城市，畢竟地面上太危險。

然而他沒有想到，自己已經被最可怕的獵物盯上了。

那是一條 iPhone 充電線。

iPhone 充電線是狡猾的獵手。此時正盤踞在電線杆上，吐著信子追蹤著圓形衣架。雖然他沒有眼睛，但他的 USB 電源適配器可以感應到周圍的家具電磁場。

正當他撲上去、要將圓形衣架纏住之時，圓形衣架感覺到了背後的危險。他騰空而起，跳離了電線杆，在空中飛躍一點二公尺之後，用靈活的夾子夾住了對面窗戶外的晾衣繩。他得救了。iPhone 充電線在背後立著上半身，無可奈何，因為他是規格一公尺的那種型號。

圓形衣架最後也沒有找到另一片服裝棄置點。

但是，他運氣很好，遇到了之前的那個衣櫃——

他已經死了。

化纖的櫃門拉鍊被咬開，木質的骨架被啃食，巨大的身軀零零落落，胃裡的衣服散落一地。圓形衣架不知道他遭遇了什麼，作為小家具，他永遠無法得知是什麼咬死了龐大的衣櫃。他只是忙不迭地把衣櫃裡的衣服用自己的十個小夾子夾起，然後儘快拖回自己的抽屜。畢竟，天就快要黑了，夜行家具就要醒了，黑夜的世界和冬天一樣，是他無法想像的。

冬天的第一場雪很快就會襲來。圓形衣架躲在他溫暖的抽屜中，身下的衣服鋪得又軟又厚。他知道，他得救了。

而遠處，死去的衣櫃正在漸漸腐爛……

致命微波爐

微波爐是廚房裡最致命的殺手。

他總是隱藏在牆角，偽裝成牆邊的裝飾物，微張著自己的門把手，用食物的香氣和點亮的小黃燈引誘著小家具。

泡沫海綿最容易中計。這種以洗潔精、油膩以及清水為食的小家具具有很強的趨光性，這跟他們的祖先在深海時期的經歷有關。人們很難分清楚他的正反面。事實上，綠色的那一面是正面，因為含有尼龍纖維、金剛砂，因而密度更大，且抓附性很強，進食管主要分布在這一面。

泡沫海綿是碗筷的伴生家具。如果不離開宿主，微波爐拿他們無可奈何。但如果落單，往往凶多吉少。只要泡沫海綿進入微波爐艙，艙門立刻就會闔上，那甜蜜的光芒變成可怕的炙烤，將他變成一頓散發著焦糊味的美餐——微波爐是已知家具中唯一食用熟食的。

但這位凶殘的獵手也有失手的時候……馬桶吸盤正經過廚房。

通馬桶吸盤的一生都在通下水道，只要聞到排泄物的氣息，他就會千里迢迢趕來，賣力地解決問題。雖然因為他獨特的食譜，他並不怎麼受歡迎，但是不可否認，家具世界沒有了他，早就會被排泄物淹沒。

微波爐剛剛消化了一個泡沫海綿，敞著艙門在廚房牆壁邊打盹。奇怪的焦糊味干擾了馬桶吸盤的定位功能——他沒有眼睛，靠氣息探路。他走到微波爐身邊，想確定這是不是一種獨特、亟待他清理的排泄物，以至於把腦袋探進了微波爐的嘴裡。

微波爐驚醒了！

他那小小的顯示幕上連時鐘都開始紊亂。

平生頭一次，他從他隱蔽的牆角跳起來，退化了的四肢用力顛動著，將不速之客的腦袋吐出來。

馬桶吸盤站在微波爐前，高高的木質把手輕微搖晃著，似乎並不明白自己剛才經歷了什麼。而鹽瓶站在高高的壁掛板上，嘰嘰喳喳叫起來，將殺手的遭遇告訴了糖、味精和麵粉。

馬桶吸盤怔忪了半分鐘，走了。他想起他要去通下水道。

因為泡沫海綿的犧牲，下水道又堵上了。

他沒有想過，他非同尋常的食物、非同尋常的工作、非同尋常的氣息，是他進化得來的結果，而這結果讓廚房裡最冷血的殺手，都無法對他下嘴。

微波爐很快忘掉了這次不愉快的經歷。馬桶吸盤不常在廚房出現，廁所才是他的活動領域，而廚房中沒有他不能吞吃的，這也是千萬年的進化給他的自信。

但他沒有想到，代替泡沫海綿做清潔工作的，是鋼絲球。

鋼絲球和泡沫海綿是截然不同的物種。他是食肉動物，和地球上最可怕的家電——汽車——是遠親。他們擁有同一個古老的祖先。

鋼絲球果然也被微波爐散發的食物香氣所吸引了。他走進了這甜蜜的殺手的嘴裡……

微波爐像往常一樣關閉了艙門，用強勁的微波炙烤著獵物。

但很快，他就感覺到有什麼不大對勁，然而已經來不及了。

砰——

微波爐爆炸了。他的艙門耷拉在一邊，身體中濃煙滾滾。

鋼絲球滾了出來，在地上掙扎了幾下，垂下了頭。他的表皮大面積燒傷，即使不是死於衝撞，也會死於感染。

但是，相信下一個微波爐再也不敢吞吃鋼絲球了。

同歸於盡，就是這種小家具進化出的生存之道。帶刺的表面、瘠薄的營養以及自爆的手腕，讓他在掠食者當中惡名昭彰。只不過對於這個廚房，鋼絲球是外來物種。在沒有天敵的情況下，他很快就會讓掠食者們知道他的厲害。

沙發的陰謀

沙發是群居動物。他們的社會化程度相當高，往往服從於某個特定雄性的領導。王對族群中所有雌性享有交配權，其他雄性只能盡可能討好他，通過幫他鋪流蘇罩子、撓癢癢、整理靠墊以及抓捕深藏在骨架中的白蟻增進友誼，以期獲得雌性沙發的占有權。

或者，他們也可以挑戰王，努力成為他的後繼者。每當族群中王權更迭，新的王者都會驅逐甚至咬死前任的子女。當然，挑戰並不總是成功。調查研究發現，每一任王的統治期間在五至十年左右。作為長壽的家具，沙發的壯年期十分漫長。

我們這一次的調查對象是位於新加坡某處高級住宅樓的沙發群。他們歸「沙率」統轄。「沙率」是一頭七歲的成年雄性沙發，真皮，四座，身長達到不可思議的六公尺。他擁有漆黑硬朗的外形，堅強有力的身軀，占領這一帶已有三年之久，十樓以下沒有沙發敢挑戰他的權威。理論上，他對他的族屬擁有絕對支配權。

但是事實真的是這樣子嗎？

「沙率」的住處位於四樓的客廳。在那裡，他與他的寵妃——一頭布藝的天青色單人沙發組成了沙發套組。單人沙發一般都是雌性，相較於雄性而言，她們體積嬌小、皮膚嬌嫩且帶有漂亮的田園印花，體重在六十至八十磅之間，體腔中空，用以孕育小沙發。她們的性格也更加沉靜，關心孩子，喜歡坐在長毛絨地毯上清理她們容易被白蟻侵蝕的骨架深處。

天青色單人沙發乍一看就是這樣一個典型的賢妻良母。她照顧「沙率」，關懷他們的子女——那把布藝擱腳凳，以及那把布藝貴妃椅。

「這其實是不正常的。」新加坡家具研究學家王守天說道：「從遺傳學角度來說，真皮是顯性基因，也就是說，一頭真皮沙發和一頭布藝沙發是不可能生下布藝沙發的——他們只會生下真皮沙發。」

那麼也就是說，沙率的寵妃背叛了他？

王守天笑道：「事情沒有那麼簡單。」

時間很快到了十二月，沙發的發情期。七歲的「沙率」發情了，在客廳裡暴躁地顛來顛去。他將布藝擱腳凳和布藝貴妃椅踹到一邊，跳到了天青色單人沙發的座位上。單人沙發非常坦然地接受了這一切。待到交配完成以後，「沙率」平靜下來，窩在酒櫃底下打起了盹。

這時，天青色單人沙發偷偷摸摸地溜出了門。她潛入了鄰居家裡，然後跳到了另一把雌性籐椅身上！

「這個天青色單人沙發看起來很像雌性……但很遺憾，他不是。」王守天聳了聳肩，「在宜家的命名譜系中，他被稱為斯科伯特。」

原來，斯科伯特單人布藝沙發因為先天缺陷，在族群中很難得到雌性的交配權。於是，他們進化出了更加纖弱的外表，偽裝成雌性，誘使沙發王進行無效交配，然後帶著王的氣息去威懾其他雌性。他甚至還能假裝懷孕，騙取「沙率」的照顧。

三個月以後，他會帶著他的孩子回到四樓的客廳，「沙率」會像照顧自己的孩子那樣照顧他們，終其一生都不知道這其實是鳩占鵲巢。

「想像一下，隔壁老王搶了你的女人，還偽裝成你的女人，要你幫忙一起養孩子。這就是奇妙而殘酷的家具世界。」王守天最後笑著說道。

iPhone 充電線的出生

iPhone 充電線是卵生家電。

每年四到六月，各地的 iPhone 充電線將通過艱難的洄游到達富士康工廠附近進行交配。交配過後，雌性充電線會找一個溫暖的洞穴，一次性排出八十到一百個卵。她們傾向於找地熱之處產卵，這樣孵化率將會大大提高。

洞穴的溫度也控制著子代充電線的性別：

平均溫度大於二十七度，所有的卵都將孵化成雄性，雄性即是標準的兩公尺長規格，官網售價人民幣兩百二十九元；平均溫度小於二十七度，所有的卵都將孵化成雌性，雌性是一公尺長規格，官網售價人民幣一百四十九元；而當平均溫度小於十五度，所有的卵都將孵化成零點五公尺規格，無法繁衍後代，官網售價還是人民幣一百四十九元。

這說明，商業學比家具學更令人費解。

在小充電線破殼之前，母親將不離巢穴一步，靜靜地守在洞口。不遠處，有小米充電寶盤山而過，雌性充電線豎起了上半身，卻沒有出擊——這原本是她最喜歡的食物。一根充電線能吞下比她自身大十倍之巨的家具，是家具世界中名聞遐邇的殺手。而此時，雌性 iPhone 充電線只是擺動著她那扁平的尾部，發出沙沙的聲音警告充電寶離開她的巢穴，充電寶乖乖照做。

然而他還沒有走到五公尺外，就慘遭一條雄性安卓充電線的毒手。

這條雄性安卓充電線長達五公尺，顯然是淘寶亞種。他非常年輕，大概不到一歲，聞到雌性的氣息，不由得心花怒放，將小米充電寶拖到了他的面前，抖動著尾部向她求偶。然而，iPhone 充電線的種族意識非常強烈，不消說他是個淘寶亞種，就算是小米官方充電線，她也是看不上眼的。此時，她出於母性的本能，領著敵人離開了她的巢穴。

一旦走到人行道上，iPhone 充電線立刻轉身，撲殺冒昧求歡的雄性。灰濛濛的身體抵死交纏，USB 介面互相衝撞，尾部顫動著要絞死對方。

最後，強大的母性戰勝了一切。她將比她長五倍之巨的安卓充電線推下了下水道，然後拖著小米充電寶，回到了自己的巢穴。

六十天後，第一條小充電線率先掙破了塑膠殼，探出了他鉛灰色的 USB 插孔。陽光透過乾癟的母親照在他閃閃發亮的白色橡膠質身軀上，讓他感受到人世間的溫暖——充電線是變溫動物。母親與他對視一眼，離開了。她已然盡到了自己的義務，現在，她的第一等要務是進食。

短短半個小時之內，小充電線的兄弟們也都一一破殼。銘刻在基因中的本能告訴他們要趕緊離開富士康，奔往全國各地。於是他們游出了洞穴，朝集裝箱的方向奔跑。

可是，橫亙在他們面前的，是成千上萬條亟待進食的敵人。

那是……虛弱的雌性 iPhone 充電線！

當母性讓位於饑餓，唾手可得的食物就是她們的後代！

在富士康聯通生產區間與運輸車間的路上，每年都有成千上萬幼年的充電線慘遭屠戮。

如果您丟了充電線，並且在家裡怎麼都找不到的話，那麼很有可能，她正在千里之外，經歷一場摻雜著痛苦、血腥、漫長的繁衍……

進擊的書櫃

並不是所有書櫃都是有袋家具。

我們稱道的往往都是帶櫃門與抽屜的書櫃。他們對待感情忠貞不二，一對書櫃一生能孕育許多子代。子代年幼時住在母親的抽屜和櫃子裡，斷乳以後才獨立。他們總是工藝繁複，顏色漂亮，帶有獨特的裝飾風格，受到人類的青睞。

但是，對於沒有抽屜和櫃門的書櫃來說，生存則是一樁更加嚴峻的事。

格子書櫃是所有書櫃中體型最大的。他們結構簡單，但生長迅速，有時候可以輕易鋪滿一整面牆壁。世界上最大的格子書櫃居住在坎特伯雷城堡。據說他有上萬格之多，橫向連起來長達幾十公里。

然而，誰也想不到的是，這家具中的巨人剛出生的時候十分嬌小，長、寬、高都只有三十公分。

更加糟糕的是，幼年期的格子書櫃沒有父母的照拂。

父母對後代漠不關心。他們是溫順的食書家具，一生中絕大部分時間都在進食，其他時候則短暫地靠牆休息。他們並沒有多餘的精力去照料後代，所以採取了廣撒網的繁衍方式：一個雌性格子書櫃每次能產卵上百枚——這對大型家具來說非常不可思議——然後扯一大片窗簾掩蓋好這些卵，偽裝成無人光顧的角落。同一個族群的雌性往往聚集在一處產卵。這樣就算遭遇天敵襲擊，總會有那麼些漏網之魚可以順利孵化成形。

做完這一切，他們就離開，去尋找下一個圖書館。

留在原地的那些卵，孵化率只有百分之一。孵化出來的小書櫃們會憑著本能團結起來，組成一個族群。他們層層疊疊地互相組合，偽裝成成年格子書櫃的模樣保護自己。

他們每日所做的就是吃。在書海中徜徉，吞吃掉成千上萬冊書籍。雖然基因決定他們必定是家具世界的巨人，但是具體長到多大，要看當地空氣中的含氧量。因為格子書櫃沒有呼吸系統，靠皮膚表皮呼吸。皮膚表皮呼吸的原理，是空氣中的氧氣分子隨機進入身體。氧氣分子越多，書櫃內部交換到氧氣分子的機率就越高，所以氧氣濃度決定了書櫃生長的極限。

幼年期的格子書櫃有許多天敵。隨便一種箱子就可以將他吞併，甚至連衣櫃也將他列入食品清單。最危險的敵人無疑是床。床精力旺盛，喜歡在各個房間裡四處遊獵，將獵得的格子書櫃拖往自己的床底充作抽屜。躲在窗簾後面是唯一的脫逃途徑，沒有了窗簾的庇護，格子書櫃便會慘遭屠戮。

現在，六個月過去了，格子書櫃從出生時的兩公斤長到了三十公斤。他的兄弟姐妹都相繼落入了床底，活著的只剩下他一人。窗簾已經遮不住他了，而床一天比一天逼得更近。正當他走投無路之時，一截燃燒的香菸落在了窗簾上。窗簾燃起熊熊大火，床目瞪口呆地停止了攻擊的動作，轉身就跑。在人禍面前，再強壯的家具也顯得不堪一擊。

格子書櫃緊跟著他朝外跑去。他闖出了大門，向著這個世界發出第一聲吼叫。那吼叫傳出很遠，並且引起了共鳴——一群遷徙中的格子書櫃聽到了他的求救，並接受了他的請求，答應給予庇護。格子書櫃朝東行走了一個晚上，終於看到了他們。

他們是那麼高大、優美的家具，神祇一樣走過月夜下的溪谷。在雨季到來之際，他們要去找尋下一個圖書館。

（完）

◇女生為什麼要手拉手一起上廁所？

文／扶他檸檬茶

這個問題的答案，可能會顛覆很多人的世界觀。

女生，或者女人為什麼要手拉手上廁所？這不是女學生的專利，我們公司的副總是位大姐，孩子都能打醬油了，每次上廁所還是要找人事部的好姐妹一起去。

很多人淺薄地以為，這是為了證明自己沒有被群體孤立，是女生維繫彼此關係的一種辦法。然而真相卻是那些從未進過女廁所的人所不會知道的——為了維繫陰陽兩界的平衡！

廁所，集陰、穢之地，多處建築物正對鬼門之處，加之水流不歇，難以藏風納水，故而易生鬼邪妖魔、魑魅魍魎。

而女性天生體質屬陰，比起只會看《灌籃高手》的男生，我們很多人已經能看到另一個世界的東西了。

小學的時候，有一天數學課後，後排的女班長拍了拍我的肩，「我們一起去廁所吧。」我愕然。

班裡空空蕩蕩，不知何時只剩下我們兩人。下一堂是體育課，同學們都已經去操場上了。我成了班長唯一一個可以選擇的隊友。

班長，也是班上唯一修煉到第三重飛仙境界的女孩。而我只是第一重元嬰。去斬殺廁所裡的鬼魅，我肯定會拖她的後腿。

但我們還是手拉手去了。

像這樣兩人手拉手去廁所的，叫做雙修。普通的鬼魅，兩個修為差不多的女生就可以用雙修之法將之斬殺。

也有三人、四人、五人乃至一排七個人手拉手去廁所的，分別是三情修、四象修、五行修、七星修……

像這樣多人手拉手去廁所的，要應對的大多是鬼王級別的妖，稍有不慎，就沒有辦法在上課鈴響起前回到教室。

初中的時候，我已經修煉到第五重抱元了。那是因為有一位高人為我開了天門——學校的廁所清潔工阿姨，其實她是第十重無為境界的高人，卻隱世無名。

有一次，還是三重飛仙境界的我單獨去廁所斬鬼，不料太過輕敵，危難之刻，阿姨護住我的心脈，強行打通我的任督二脈，打開了我的天門。

我原來雙修的女同學，她仍然只是三重飛仙境界。我嫌棄她拖我後腿，從此不帶她去廁所，只和班上那些同樣修到五重境界的高手一起手拉手去廁所。

女同學很低落，但是性格柔軟的她並沒有責怪我，而是重新和三重境界的人組成斬鬼隊。五重境界的我們，往往七、八個人一起手拉手去廁所，而能配得上被我們斬殺的，也都是鬼王中的精英。

但是有一次，我們失手了。八人都逞著自己的能為，做個人英雄，結果被鬼王逐個擊破。我成為了她們口中這場斬鬼行動失敗的原因，從此被她們驅逐。

也就在這時，我的老隊友——三重境界的女同學找到我，「我們還是一起戰鬥吧？」

我的內心十分感動，然後拒絕了她。

——因為我已經決定，從此便一人一刀，單槍匹馬。

高中時候的我，境界突飛猛進，擯除雜念，一心修仙。在男同學的眼中，我是班上為數不多的獨自上廁所、速戰速決的女同學。然而我早已突破九重天，直逼十重天的仙人功體，沒有鬼王能在我的劍下活過三秒。

她們手拉手去廁所，可能要花七、八分鐘才能結束戰鬥。而我，只需要三秒。功力不足卻試圖挑戰鬼王的人太多，女廁所人滿為患，就好像馬路上都是不會開車的新手司機，堵得宛如北京西直門。

男生總問：「女生為什麼要手拉手上廁所？女生為什麼要在廁所裡待那麼久？」

而我，不再和人手拉手上廁所，每次去廁所也都速戰速決。在此等灑脫的背後，堆砌著無數鬼王的骸骨。

（完）

第二篇

職業相關大揭密

◇殺手不工作的時候都在幹什麼？

文／扶他檸檬茶

我是一名殺手，從業十年左右，十八歲那年入行的，跟了位名師。師父是國內榜上前五名，我沒他老人家那麼厲害，排行一直在十七到二十之間徘徊。

我們這一行，也是要分級的。路上拿著板磚或者水果刀就上的，那叫小混混。亮著紋身橫著走路，讓人看著退避三舍的，那叫流氓。

我和師父走在一起，就好像兩個普通的銷售員，賣保險的或者賣房產的，你都不會多看我們一眼。

等目標出沒的時候，我們經常就在附近的甜品店裡等。兩個人穿著廉價西裝，脖子上掛著工牌，就聊房地產、聊股票、聊哪個銷售區的業績，完全就是為了幾百塊錢的抽成累死累活的銷售狗，你根本看不出來我們是幹啥的。

坐下就說自己以前殺過幾個人的，都是耍流氓。

很多人誤會我們的工作，覺得殺手就是電影裡那樣，要麼跟著個沒五險一金的組織，失手了就要被幹掉（滑稽）；要麼幹一單幾百萬，好像每天都有活兒，也不知道賺那麼多錢幹啥。

先說一下國內的報價好了。別說起殺手就想到一堆老外，我跟你們說實話，國內的殺手在國際上是很吃香的，有職業道德、任務完成度高，拿了錢就辦事，所以國內殺手在國際上拿的錢都不算少。

一般來說，全球統一價，能用狙擊搞定的，五萬一單。你沒看錯，五萬一單，稅前。是的，我們都要繳稅的，客戶那邊要提供比如稿費單之類容易報稅的付費名目，順便給我們繳勞保。

不管你要殺的是誰，能狙擊解決的一律五萬。

而且接活也是有頻率的，協會規定了，一年只能接一單狙擊活兒。這個很好理解吧？要是誰一天狙掉一個，這擺明了是要被查。

其他就是不用狙擊的活兒了，那個貴一點，不能用槍。要麼設計意外致人死亡，要麼近身幹掉，風險都會大，而且要提前做好策劃方案、實地考察……事兒多了也就貴了。

價格大概在十萬到三百萬不等。當然，還要看你想幹掉的是啥對象了，這對象周圍要全是保鏢，價格就更貴。

一年也是有業績封頂的，五單。

一單狙擊加上五單其他業務，加起來，我一年的收入可能就十來萬，剛好搆上小康水準。你覺得太少？那是因為收入要平分的啊。很少有殺手單槍匹馬出任務的，大多三到七人，有的負責觀察、有的負責情報，也有的負責善後啊、財務啊，時不時還要 cos 成清潔人員，在廁所裡幹掉和保鏢分開的目標。

我們這個小隊長年四個人，我師父是隊長。四個人一平分，每年收入就那麼十來萬。

而且也不閒，負責接活兒的人接到了活兒，大家先要開會討論這個活兒好不好接、能不能做、性價比高不高。接完了活兒，你人在南京，對象在山東或者捷克，你總歸先要去找旅館吧？要買飛機票或者高鐵票吧？還要討論行動計畫吧？好多事兒呢。一單生意往往要做三、四個月。

而且小隊裡大家都不貪，很多人為了幾百萬的單玩命，我們這隊裡的人年紀偏大，全都只是為了養家糊口，錢夠用就行，所以接單的價格都不高。

有時候接了個大單，賺得多了，大家就會歇一陣。一年三百六十五天，殺手能歇的就那麼幾天，我們還沒雙休日和法定假日，比上班狗們過得緊張多了。再後來，師父用攢的錢開了家奶茶店，大家合資入股，算是有了稍稍穩定的收入。

所以那段時候我歇得比較久，大概六個月吧。你還不能歇太久，歇太久就沒人找你接單了。

終於說到正題了——這六個月內我幹啥？

一般來說，保持鍛煉，把工作時沒時間追的劇給補了，吃點好吃的。你接單子的時候根本沒心思吃東西。別看國外電影裡演的，殺手都西裝革履在米其林餐廳裡拿著杯紅酒觀察目標……拉倒吧，都是假的。

殺手都挺宅的。反正我認識的幾個都是，一有空就宅家裡、睡到自然醒，躺床上玩一整天手機。

我還好，有點其他愛好，閒下來會寫點字。說來你們可能不信，殺手都會寫小說，而且能寫標準的商業小說，就是起承轉合看下來邏輯通順的那種，劇情好不好看另當別論。

這是我入行時候師父要求我學的基本功，我對著《基礎文學創作》那套書學了好久。

為啥呢？很簡單啊，我們接單子收錢的時候，不可能直接帳戶對帳戶，這太容易被查到了。也不好做收支明細報勞保。你的帳戶做不了收支明細，你就買不了房。

所以大部分客戶我們都會要求他們把報酬用稿費的形式匯過來。

為啥要偽裝成稿費單呢？因為稿費單很難查出異常，而且只要報一道稅，特別簡單乾淨。

我們也有前輩最近在琢磨用直播平臺那個打賞系統做帳目收錢，據說更加隱蔽，不過好像挺繁瑣的。稿費還是國內殺手收錢的首選方式。

師父和我說，學著寫點兒小說，將來要是被查到了也不怕。也是，你一年稿費收入十幾萬，在國內也算是職業寫手級別的收入了，要是寫出來的東西前言不搭後語，那就太可疑了。

寫小說這事兒，原本也就是應付應付，沒想到真的挺喜歡的，還寫上手了。

我瞞著我師父，偷偷開了個帳號，在網路上寫小說，看的人居然不少，而且還有編輯找上門約稿。這位編輯就叫他阿曰吧。我知道自己寫得不大好，但阿曰總是帶著我，幫我改稿子。

有時候我忙著工作，拖了稿子或者沒回他話，阿曰就覺得我應該是挺忙的，問我是幹啥工作的。

我說我是個嚮往職業作家生涯的人，這麼多年，我的收入只有稿費。

阿曰對我肅然起敬，他已經很久沒有見過我這樣把所有收入都寄託在稿費上的寫作愛好者了，於是盡他所能地給我發稿子，還經常問我地址，給我寄吃的。

我就給了他一個暫住地的位址，那地方是我閒下來的時候住的，阿曰就給我寄了很多日本泡麵，我上網搜了搜還挺貴的，特不好意思。

閒的時候我就打字，寫點兒想寫的小說，因為人生經歷挺豐富的，經常去問答網站回答別人對人生的迷茫疑問。由於殺手這個職業的特殊性，我偽裝過當兵的、偽裝過麵店老闆、當過清潔工、當過保安，也裝過醫生混進手術室幹掉目標……

也有問怎麼當個殺手的，我也去回答了，有問必答。

結果就被這個問答網站的管理員封帳號了，說我偽造經歷。

沒辦法，還是靜心寫小說吧。阿曰答應幫我出一本短篇集，我挺激動的，答應他兩個月內寫完。

沒想到過了半個月又被師父叫去幫忙。

這次的目標是個胖子。資料表明，這胖子總愛泡足浴中心，小隊想派個人混進足浴店裝成那裡的員工，結果足浴中心只收三十歲以下的年輕人打工。

小隊裡一群老男人，只有我沒過三十。師父叫我回去，幫個忙，混進足浴中心，等這胖子要按摩服務的時候，拉上簾子把人勒成個死胖子就行。

我順利混進去，先培訓，教你怎麼應付女客人和某些不可描述的男客人，然後再叫你付押金。阿曰那邊還在催稿子，我挺不好意思地讓他再等等，說最近自己找了個足浴店的打工。

阿曰有點擔心，問我是不是沒錢了所以才打工的，還要給我預支稿費。

兩週後，胖子給我蹲到了。這人剛喝了酒，要按摩服務。給胖子按摩特別累，按摩師都不肯去，我是新人，就被派去了。也算是計畫順利。

正給半睡半醒的胖子按摩著，阿曰來催稿子了，今天剛好是短篇集的截稿日。我本來還想過十五分鐘再動手，被他這麼一催稿，慌了，想快點了事，快點回家趕稿。

胖子剛好醒了，聽見我和編輯打電話，有點生氣，「給我好好按！打什麼電話！投訴你信不信！」

阿曰那邊也聽見了，關心地問：「你是不是還在足浴店打工啊？別去那種地方打工啊，實在缺錢，我給你介紹正規的商場打工。」

我的脖子夾著手機，手在口袋裡摸鋼絲，說：「沒事沒事，我很快就完事兒了。今天肯定交稿、肯定交稿！」

胖子怒了，「完事你媽X，再給老子按半小時！」

我直接掐了他後腦風池穴，這胖子的氣兒當場就被扼住了，臉都憋得紫紅。

阿曰在那邊問我還差多少字數。我一邊掏鋼絲緊緊纏著胖子的脖子，一邊回憶自己電腦裡的文檔，「差不多了、差不多了，就差九千多字吧。」

阿曰問：「那男女主感情線都收尾了？」

我手上的活兒也收尾了，「收了收了。」

然後把人蓋好被子，拉好簾子，走出了足浴中心，憂心忡忡趕回家寫稿子。結果，人沒死透，還剩一口氣，居然被服務員送去搶救了。

這事兒讓師父他們善後了好久，還好，有位老前輩裝成醫生，混進加護病房裡，把還沒醒過來的胖子給補刀了。為了這件事，我挨了好一頓罵。

所以我給大家的建議就是，閒下來的時候就歸閒下來的時候，工作的時候就要進入工作狀態。殺人的時候你就好好殺人，別想稿子。寫稿子的時候就好好寫稿子，別想殺人。否則你的寫作水準和業務水準啊，就都上不去。甘蔗哪有兩頭甜呢？

唉，做殺手，難！

做寫手，更難啊！

（未完待續）

◇又當寫手又當殺手是一種怎樣的體驗？

文／扶他檸檬茶

1

寫手其實是個殺手，興趣愛好就是閒下來沒事幹的時候寫點兒小說。

沒想到隨手投稿的稿子還被一位編輯看中了。

殺手寫小說的題材就是自己的親身經歷，殺手題材。這種真實的殺手生活很少被讀者欣賞，裡面的殺手都特別接地氣，一點都不像那種穿著黑西裝拿著銀色雙槍就差腦門上沒寫「殺手」兩個字的殺手。

但是這位編輯可欣賞這篇小說了，一看就很真實。

因為編輯也是名殺手，白天就當當編輯，晚上出去殺殺人。

2

編輯：你那篇殺手小說還挺能編的啊？編得和真的似的。

寫手：哪裡哪裡，我亂寫的。

編輯：那你三次元真實職業是幹啥的啊？

寫手：哈哈哈就是殺手啊。

編輯：哈哈哈你就編吧你。

3

每次到截稿日，寫手就特別緊張，生怕自己幹活的時候出了事兒，沒辦法按時交稿，要讓編輯開天窗。

後來寫手每個月截稿日那幾天就不接活了。每個月總有那麼幾天，殺手不接單。

編輯：晚了，我先去睡了。稿子明天看。

寫手：你最近怎麼睡那麼早啊？工作太累了？

編輯：業內有個挺有名的寫手，大家一直以為他是男的，沒想到好像是個女的，每個月總有那麼幾天不寫稿子。她不寫的稿子大家總要給她想辦法補上，太累了……

寫手：好辛苦啊，快去睡吧，晚安。

編輯：你明天能交稿吧？

寫手：能。那位女寫手要是不寫的東西，你也可以給我寫。

編輯：喔，她寫的那個題材吧，你可能寫不了。

4

最近殺手界有了個 APP，叫「殺了嗎」。殺手們在「殺了嗎」上面接單就行了，介面簡潔明瞭。

「您的殺手已接單」、「您的殺手正在向目標接近」、「您的殺手已完成任務，帶著任務道具接近你」……

有了APP，大家的單子一下子多了。編輯晚上六點一下班就接單幹活，在樓頂都架好狙擊槍了，突然接到寫手交的稿子，於是就在樓頂當場改稿。

寫手：我交稿啦！你看看！

編輯：手邊有點事兒啊，我儘快看。

寫手：我也有點事兒。你人在哪裡啊？

編輯：我在城市最高的樓上看燈火。

寫手：好浪漫，我也在高架橋鋼索上面吹冷風。

編輯：哈哈哈哈，你真能編。

編輯一邊蹲目標一邊改稿子。寫手那邊也是，蹲橋上一邊等目標的車，一邊看改稿意見，掏小本本寫大綱。

5

寫手在業內算是年紀小的，不過業務水準不錯。編輯資歷就高了，排行榜上都排得上號的。有一天寫手接了個大單子，單槍匹馬去做，沒想到對方早有防備，也雇了一批人隨行護衛。寫手本來能全身而退的，但幹掉目標後突然有了靈感，掏出小本本寫大綱，結果被發現了。大家混戰在一起，寫手好不容易逃出來，但是胳膊被打斷了。

編輯：你今天說好交稿的喔。

寫手：寫不了，昨晚手斷了……

編輯：誰敢斷你的手？告訴我地址！

寫手：沒事兒，自己騎車摔的。

編輯關了對話，心裡難過，自己昨天接了個保鏢的活，剛好把那個來行刺的殺手胳膊打斷了；轉頭自己的寫手胳膊也斷了，真是現世報。

沒辦法，只好開天窗了。

6

編輯最近接到個活兒，刺殺一名知名作家。這作家真心有名，而且他記得寫手是這人的腦殘粉。

編輯：你知道那個叫XX的作家嗎？

寫手：知道啊知道啊！我等他那本小說更新等了好多年，有生之年如果能看到結局就好了。

編輯想了想，晚上出門，去處理這位作家。

作家家裡的人都被放倒之後，被編輯拿槍逼著坐到電腦前，「你你你，你想做什麼？」

編輯：「你死前給我把那本小說寫完。現在。馬上。」

知名作家死於家中，死前留下遺作。

寫手又開心又傷心，和編輯說：我可喜歡他寫的小說了，感覺特別真實。

編輯：你寫的殺手小說也挺真實的啊。

寫手：你知道嗎，沒有一個讀者覺得我寫的殺手真實，只有你這樣覺得，真好。

7

寫手最後還是被仇家給盯上了。仇家雇了一大批人去追殺他，編輯也順便接了這個單。

編輯：你這個月的稿子要十八號前交啊，十八號之後我有點事兒。

寫手：嗯，肯定十八號前交，之後我也有點事兒。

寫手聽見風聲了，準備跑路了。跑路時還帶著平板打字趕稿，稿子品質也難免受影響。

編輯也差不多，一路千里追殺，一邊還要給寫手改稿子：你最近狀態怎麼回事啊？這稿子的品質……

寫手正從停車場往外走：對不住啊，真的有點事兒。

編輯：唉，我也有責任，最近忙著，沒空好好帶你。

編輯正和他聊著，忽然看見目標從停車場出來了：我先去忙了啊。

寫手正想回他一句話，突然感覺到殺氣，本能拿手上平板一擋，子彈把平板打得稀巴爛，還沒寫完的稿子也在裡頭，跟著魂飛魄散了。

8

寫手心如刀割，「你居然毀我的稿子！下個月要交的！」

編輯翻了個白眼，「行了，你一個殺手還寫稿子？寫出來的殺手小說可能還沒我手裡作者寫得好。」

寫手不服氣，「你也就是個殺手，裝什麼文字工作者！」

兩人殺得分外眼紅，特別是寫手，快寫完的稿子沒了，簡直是殺父之仇，「你殺我可以，你殺我稿子不行！」

編輯：「什麼稿子啊？」

寫手：「算了！先別打了！咱們商量一下，明天再打，你讓我今天截稿日，先把稿子寫完再說！」

今天截稿日，編輯也不想打，想快點把稿子收齊，心不在焉很容易被人幹掉的。再說了，要是幹掉了寫手，這世上肯定要多一個開天窗的編輯……

為了怕寫手跑路，他緊緊跟著對方，一個埋頭寫稿子，一個埋頭改稿子。

編輯總算改完了，寫手總算寫完了，大家各自鬆了一口氣，掏出槍繼續對幹。

（完）

◇苦心經營的酒店突遇柯南投宿，怎麼辦？

文／笑貓醬

——苦心經營的酒店突遇柯南投宿，而你是總經理，該如何自救？

據不完全統計，無所不能的名偵探江戶川柯南在TV版和劇場版裡共目擊或者間接目擊到八百以上的死亡人次，其中一集有三人以上死亡的劇集占比約百分之一．八八（資料來自網路，隨時準備推翻）。因此，他是高級酒店、餐飲、酒吧、茶館、影城、書城、KTV等服務行業共同的敵人，避之不及的死神。

作為一名星級酒店的總經理，從開業的那一天起，你就精心打理著這份產業，儘管所有權不是你的、資產不是你的、利潤也不全是你的；但經營權是你的、團隊是你的、業績是你的！

一旦柯南入住，基德又沒入住，那麼作為劇集標配的謀殺案有百分之九十九點八的機率會發生！

酒店允許死人嗎？

瑪麗蓮．夢露香消玉殞可以，但隔壁趙錢孫李周大媽絕對不行！如果有凶殺案在酒店發生，必須是名人凶殺案，他們的死能為酒店博取關注度，帶來生意。可是多死一名無辜群眾，酒店口碑就下降一分，經營難度就增一分，業主方的資產就減一分。單次死亡人數三人以上，那麼你和你的團隊先前的所有努力都將付之東流！你們可以收拾行裝準備走人了，走之前順便到警方備個案。

江戶川柯南能夠主導名人凶殺案嗎？絕大多數情況下，遭殃的還是普通平民嘛。

總之今天，在你不提防的情況下，柯南等幾個賊孫居然用假名在櫃檯登記入住了！等你趕到已然來不及，樓層服務員早把他們送進了房間。

真是狡猾透頂的一年級小學生啊，他已經知道自己被大部分酒店列入黑名單了嗎？還有櫃檯服務員你們是瞎的嗎？毛利小五郎和毛利蘭這兩個人都認不出？

這不是玩笑，這不是演習，這是生死存亡的時刻。如果處理不好，這將是你職業生涯的轉捩點，從此調頭向下，如墜深淵，萬劫不復！

你看了看錶，現在是下午四點，還有時間，江戶川柯南帶來的死亡大部分發生在晚上。

最重要的是保持冷靜，再冷靜。

迅速召開中高層主管會議

1.召開主管會議：酒店不是你一個人的酒店，是員工的，是管理方的，也是業主方的。召開員工大會已經來不及了，而且很可能打草驚蛇，造成不可預測的後果。所以現在要做的第一件事，就是召開中高層主管會議，闡明事件嚴重性，商量對策，制訂預備方案。

囑咐祕書，會議的參與人員主要有副總及各部門總監，客房部、餐飲部、工程部和保全部必須到場，主廚也必須到，財務部、行銷部旁聽。另外通知一至兩名業主方董事，拎得清的那種，七老八十還不肯去死的業主方董事長就算了。

2. 注重效率：會議控制在半小時以內，必須在下午五點之前結束。記住不要讓業主方發言，以免浪費寶貴時間。給他們一人發一本阿嘉莎．克莉絲蒂的《無人生還》（柯南劇集TV版就將近九百集，此時來不及補），告知在未來的十二小時內，有百分之八十的可能性酒店內會發生連環殺人案件，現實極為冷酷，形勢極為嚴峻。

3. 成立應急小組：公平、公開選舉出五至七人組成「突發事件應急處理委員會」，由你擔任總指揮。進行頭腦風暴，以最快速度制訂兩套預備方案。方案一：驅逐柯南一行人；方案二：在驅逐不成功的情況下，保證其餘賓客的安全。

根據方案一採取行動

切記要臨危不亂，按照計畫快速、有序推進，把損失控制在最小範圍內，最大限度地減少人員傷亡。驅逐柯南不可能僅驅逐他們三個人，必須連帶著所有住宿客人一起疏散，畢竟財產損失事小，性命為大。

詢問當地政府能否拉響防空警報（失敗機率：99.9%）：說服客人會浪費大量時間，不如採取簡單粗暴之方法——謊稱有人空襲，請各位貴賓跟隨服務員，前往五公里外的防空洞躲避。

向商業夥伴購買小型TNT炸彈（失敗機率：98%）：既然尋求不到官方援助，那只能退而求其次，求助商業夥伴。與酒店有生意上來往的主要是供應商與金融機構，雖說範圍有限，但難保他們之中會出現一個叛徒，暗地裡從事軍火販賣（他們極有可能會報警）。

命令工程部製造土炸藥（失敗機率：95%）：火藥是中國古代的四大發明之一，具體何時發明尚無定論，但在隋唐煉丹家堅持不懈地試驗下，於西元六世紀時研製出硝石、硫磺、木炭三元體系火藥，九世紀正式誕生黑火藥。號召工程部認真學習古籍文獻，發揮鑽研精神，自力更生在酒店內製造一場小型爆炸（然後被當做恐怖分子帶走）。

自行購買鞭炮（失敗機率：80%）：你從小害怕各類煙花爆竹，連仙女棒都不敢手持。克服童年陰影將是一項艱難的工作，也是個不愉快的體驗，但為了挽救他人的寶貴生命，有必要放手一搏（向祕書索取醫院燒傷科電話）。

以上計畫均不可實施的阻礙：人員疏散中發生謀殺案的機率將會上升200%。

根據方案二採取行動

一切都來不及了，服務員報告柯南等人將在二十分鐘內進入宴會廳用餐，住客疏散戰略宣告失敗。據不完全統計，小說、TV、電影中發生在漫長晚宴期間的兇殺案占據案件總數的百分之五十五點八。最危急的時刻已經到來，這是與惡魔交手前的最後二十分鐘！

向警方求助。詢問他們有沒有針對柯南的專案組，如果有，請其全員出動；如果沒有，懇請派遣五十至八十名特警人員，圍繞柯南所在宴會廳嚴密監控。

由於柯南擁有固定臺詞——「兇手只有一個」、「兇手就在我們中間」，所以管住了廳裡的人，就管住了整間酒店，必須保證他們不能進、不能出、不能作案也無法成為受害者，全程待在宴會廳中，上洗手間確保有人貼身跟隨。

但請記住，警方的到來並不能阻止凶案的發生。事實上在很多篇章中，凶殺總是在眾目睽睽下發生，並且兇手會在偵探的眼皮子底下輕鬆逃脫。出現員警對於柯南一行人來說，搞不好是助興。

整合酒店安保力量。養兵千日用兵一時，檢驗本酒店保全部戰鬥值的時刻到了！宴會廳內部保全工作已經由警方接管，本店保全主要負責周邊，作為警力的有效補充，保全部必須在恪守保全原則的基礎上發揮主觀能動性，隨機應變，不要放過蛛絲馬跡，將每一部電梯、每一個樓層、每一寸營業場所納入控制範圍。柯南等人入住的樓層，配備三名以上的保全不間斷巡邏，如遇住客不尋常舉動，迅速對其面部噴射辣椒水。

總經理嚴密盯防。作為總經理，你必須承擔起統籌全域的任務，不能把事情交給警方、交給保全部就放心了，你必須把好最後關口，對柯南等人嚴盯死守。你有責任也有資格始終出現在宴會廳中，不要放棄你的站位，因為這個夜晚很長，你的敵人很強大。你允許任何事件的發生，除了凶殺和死亡。

囑咐祕書準備好提神飲料和小點心。

現在，打開宴會廳的主燈，讓水晶的光華灑遍所有角落，驅逐一切陰影。特警就位、保全就位、服務員就位、酒店各高層與中層管理人員就位……

好了，拉開厚重的宴會廳雕花大門，放柯南他們進來！

到警局備案

錄個口供而已嘛，有什麼好害怕的？勇敢點！反正人不是你殺的對不對？當宴會廳中的受害者氰化物中毒倒地時，你就有了這個覺悟對不對？還好毛利小五郎沒有誤會兇手是你。

痛定思痛，下一步必須做到：

1.做好酒店用人把關。嚴禁聘用來路不明者、利慾薰心者、反社會人格者，以避免酒店員工與兇手內外勾結，在宴會進行中，神不知鬼不覺地將氰化物投入被害人的酒杯。

2.建立重大事故演習機制。累積實戰經驗，加強酒店全體員工的應急能力和協調能力，同時鍛煉自身指揮能力。

3.加強內部管理。那個幫柯南登記入住的櫃檯員工，明天起不用來上班了，你的主管也不用來了。太沒眼色了，你們編個「客滿」的小謊言，那一切不都解決了？弄得現在連環死三個。

4.申請心理輔導。貿然見到屍體，內心受了點兒刺激，員工也需要幫助，以避免產生兇案後壓力症後群。

以上。

（完）

◇做為十八線女團團員是一種怎樣的體驗？

文／獅心

1

我大學畢業後，沒有好好去找工作，去當了偶像。

專業一點是叫小型女子偶像團體組合成員。我們團一共三個人，所以叫小型團體，小有小的好處，大家關係還可以。團名叫「爆炸女孩」，名字是老闆取的，說實話，我覺得很土。

想做偶像是我從小的願望。小城市裡沒機會，到了大城市讀大學，書沒讀好，這個念頭反倒越發強烈了。

後來，一位朋友對我說，有個地方在選拔女團成員，問我要不要去試試。

當時我二十一歲，認為萬事萬物，一旦錯過了二十一，可能都沒有機會再獲得了。我準備了一晚上，歌和舞都選好了，準備用霹靂舞配合張信哲的《過火》。

當晚一夜無眠，一直在擔心如果製作人要潛規則我，要不要讓他潛。當時，我的觀念比較激進，想著如果他長得比較帥的話，可以考慮考慮。畢竟人生在世，還是夢想更重要一點，是吧。

考慮了一晚上，化著妝去了選拔會現場，卻看到攝影師正在收器材，臨時工在拆卸舞臺。

「不是說選拔會進行到下午五點嗎？現在才九點半怎麼就結束了？」

「四十分鐘就上來了兩個人，一個唱歌唱一半接電話去了，一個表演武術……」

「那總導演呢？評委呢？主辦單位呢？」

「都走了，妳別找我啊，要找去找那邊的人吧。」

於是我又找到了一位年輕的女生，她說自己是實習助理。我大致說了一下自己的情況，實習助理問了一下我的身高體重，然後叫我留個電話。

一週後，實習助理打來電話，說經過嚴格的篩選和審查，我被錄取了。正式成為「爆炸女孩」第一期練習生，訓練半年後，正式出道。

聽到這個結果，我的手都在顫抖。

實習助理讓我在一週內趕到北京集訓。一直到掛了電話，我都沒問公司的具體地址，又覺得再打電話問不好意思，就上百度自己查。終於在第三十頁的地方查到了公司的資訊。

到了北京，連天安門都沒看，就直奔公司。據說老闆財大氣粗，一棟樓都是他家開的，二樓是一家紡織廠，三樓是書籍印刷公司，我們「爆炸女孩」所在的互動娛樂部門就在四樓。

說實話，我不是一個挑剔的人，但是剛進公司，看著旁邊那些扛著蛇皮袋進進出出的女工，我還以為自己是紡織女工。

到了大廳，助理說製作人和經紀人都還沒到，讓我先去宿舍和團友見個面。基本從那天起，我夢寐以求的偶像生活正式開始了。

2

夢寐以求的偶像生活和我最初想像的有點差距。

進團三個月，還沒有開過任何的媒體發布會對外宣布。當然，也沒有經費在地鐵站和車站貼上海報，只新開了一條微博號，說了我們這個新女團的事情，讓某些大號轉了一下，我看了底下的留言。除去一些賣減肥茶的，也就兩三個人表示支持。

因為是小的團體，沒有太多的經費也可以理解。但製作人給我們寫了兩三首歌後，便飛回去了。前後一共一週的時間，說好的全年全面培養呢？

經紀人代表公司和他吵了一架，最後錢也沒拿回來。之後的歌曲都要靠團隊自己來寫。

「製作人真特麼不可靠。」這句話，他一直掛在嘴邊。

但並不是所有人都不可靠，邊邊就超級可靠。邊邊是南方來的美女，我們團三個人，邊邊就是負責創作的。在成為偶像之前，她是某個大牌藝人的助理，後來不知道為什麼，跑來當偶像。

邊邊人很nice，但是表情太少了，她以前有過面癱，是真的面癱，後來通過物理治療治好了，但不知道是不是後遺症，很多複雜的表情都做不出來。

比如貧窮而尷尬地微笑，她只能上揚嘴角。

驕傲而內心愁苦的狀態，她只能上揚嘴角。

極喜後第一秒因為看到前男友出軌而懵逼的表情，她只能上揚嘴角。

邊邊其實挺有才的，她會十幾種樂器，用得最好的是三角鐵。她能用筷子、碗、手機、硬幣以及三角鐵來演奏一整首歌曲。

邊邊寫完第一首歌後，我們立刻投入了練習。完成後，我們進行了內部測試會，其實就是老闆、經紀人和新製作人幾個聚在一起討論。

歌還是屬於戀愛的歌曲，叫做《你的袖口》，歌詞裡面有句話我蠻喜歡——你袖口的骯髒，是被我的愛給灼傷。大概講的是戀愛初期，情侶們之間由相愛轉為憎惡。

我們把 demo 和錄的舞曲給新製作人看，卻被說歌曲太負面，不適合剛出道出新歌的女團。他建議我們去寫初戀的感覺，或者戀愛的炙熱。

寫了足足有一個月，邊邊每天看韓劇、看日劇、看《東京愛情故事》前五集、看《一零一次求婚》，我和鐵女還貢獻了自己的戀愛經驗，最後我們女團自產的第一首單曲《戀愛元年代》終於完成了。

「一些轉音的處理還是有點粗糙，但是旋律還算朗朗上口，應該很合宅男胃口。」內部評審也算是合格了。

用這首歌再加上之前製作人做的三首歌，然後老闆又花了所謂的「重金」買下來一首幾十年前的老歌，組成一張專輯。

雖然合約上說的是集訓半年，看條件甚至要去韓國訓練，但是實際上，才兩個月老闆就打算推我們出道了。

「看到妳們這段時間這麼努力，我特別高興，所以打算提前給妳們包裝，讓妳們去經受市場的考驗。」

我心想，這就有點棒了，我等這一天已經等待太久了。

老闆說要我們模仿日本的大型女子偶像團體 AKB48，先去小劇場，然後辦握手會，讓粉絲覺得我們是可以觸摸得到的。這個理念我沒什麼意見，當然我也沒權利有什麼意見。

去劇場之前，老闆讓我們先在公司附近舉行一場小型演唱會。

那是我第一次站上舞臺。當晚，我所看到的所有可以站人的地方都站滿了人。那一刻，我覺得二十多年來自己偷偷跳的舞，房間裡唱的歌都沒有白費。

那晚我、邊邊、鐵女都唱得非常爽，我們都以為「爆炸女孩」一定能在北京城闖出一片天。結果得知，那晚來的人都是老闆的「自己人」。

老闆有黑社會背景，來的都是他的小弟，前面三排清一色平頭。坐在VIP椅子上的是七、八位堂主。後排那都是紡織廠的女工，還有出版社的編輯。

「算了，大超、邊邊。第一次，也不錯了。」

鐵女安慰我們。鐵女是團裡年紀最大的，對外宣稱自己才二十四歲，其實她已經二十八了，我偷偷看過她的身分證。

「難怪了。」

「怎麼了阿邊仔？」

「剛才我和一個男的握手，他胸前還有血在往外冒，好像剛被其他幫會的人砍過。」

那晚，宿舍房間裡，我們都沒說話。

3

不管怎麼說，我們還是出道了。

首張同名專輯《戀愛元年代》，錄製了兩千五百份。就微博發了一條銷售管道，也沒怎麼宣傳，卻在一週內賣得差不多了。

這是我們的經紀人說的，他好像很高興。

「別看這個兩千五百份少，現在唱片行業不景氣，也沒怎麼宣傳，第一次能出個七七八八那真算不錯了。繼續努力！」

我也知道唱片業不景氣，但是新人出道賣兩千多份就值得高興，這件事叫我高興不起來。我甚至懷疑這兩千多人裡面，有一千份是公司二樓和三樓的人買的。

不過因為這個「不錯」的成績。我們在西單舉辦了第一次簽售會。

「妳說會不會有人來啊？」

「應該會吧，我前天直播，有一萬多人觀看，算十分之一，也有一百個啊。」

「對啊，不是賣了兩千多張專輯嗎？總會有人來的。」

我挺慌張的，如果真的只來了幾十個人，那太尷尬了。

我突然想起小時候，被我爸嘲諷。

「妳還想當偶像？就算妳鼻子再挺一點，皮膚再白一點也沒辦法。好好考一所大學，別老給我整這些么蛾子。」

我其實挺想拍一張萬人空巷、正在排隊的照片發給他，氣他。

結果那天的情況比我想像的還要差，沒有幾十個人，只有九個人走過來和我們搭話，其中一個是問路的。我們只簽出去了六張專輯。

我買的電動按摩器，本來打算簽名手太瘦的時候按摩一下。沒用上。

「妳們別洩氣，才剛剛開始嘛。公司這不是還沒好好地宣傳嗎？」

「那特麼到底什麼時候宣傳？」

我的心情糟糕透了，經紀人剛好撞在了槍口上。他其實也不容易，家裡還有一個六歲的女兒，但是要混娛樂圈，只得整天白西裝、豹紋褲，偶爾還要裝個 gay。

「我給妳們一人買了一份螺螄粉，趁熱吃。」

我的微博有十萬粉絲，但其中的九萬九千九百人都是公司買的水軍，剩下的幾百是我的老師、同學。這樣的情況下，我都不想登入微博了。

直到有一天，我收到一份私訊。

「張大超小姐您好，我特別喜歡您的團隊，當然，我更喜歡您一些。每次都被您陽光的笑容給打動。《戀愛元年代》在我最痛苦的時候陪伴著我，希望妳們能越來越火！來自一個小粉絲的祝福。」

第一反應——我！他！媽！也！有！粉！了！

我點進去看他的主頁，真特麼根本不是小粉絲好嗎！人家是北京大學國際政治系的，超級帥，那張五官分明的臉，向我透露著他身高一八八，畢業立刻年薪十萬加的精英。

「姐妹們，我有個人粉絲了！」

邊邊和鐵女都湊過來。

「臥槽，好帥。」

「往下翻、往下翻，看下是不是單身。」

「二〇一五年，在紐西蘭作交換學生，這張圖片是……是在挑戰極限運動吧。」

「靠，快和我說怎麼撩粉。」

「大超，妳矜持點啊，妳是偶像啊！」

4

我們翻唱的那首老歌和一些車上廣播電臺簽了協議，意外地效果不錯。給我們帶來了第一波關注。當然，可能是北京交通實在太堵了，總之有點小火。

我們終於接到了一些通告，過年的時候去電臺做一些採訪，雖然只有二十分鐘，但是為我們漲了一些中年大叔粉。

大叔們自發為我們出錢購買伺服器，為我們建立了粉絲網站。

同時，經紀人為我們拿下了一個資源，去參加地下演唱會。

對於地下演唱會，我的印象是很差的。以前我們「爆炸女孩」就參加過。

當時進去看到邊邊和鐵女在臺下看別人講相聲。

「怎麼下來了？」

「講相聲給的租金更高，場方就讓我們下來了。」

「那勇哥呢？」

「勇哥說去協商了。」

協商個屁，我剛才還看到他也在臺下聽相聲。

「哈哈哈，這個段子還挺好笑。」

我看著邊邊和鐵女在臺下，看著臺上兩個胖子講相聲，突然感覺氣不打一處來。

十五分鐘後，我和她們兩個一起笑。

還是那間地下劇院，推門進去的時候，首先聞到的是汗液的味道，有點重。但是很讓人興奮。這個地下劇場，又髒又破，地上還有斑駁的油漆，唯一特點是大。

人群中，我看到邊邊和鐵女在向我揮手。不知道為什麼。眼淚自己就流下來了。

地下劇院是接力演出的，一晚上大概有七、八個女子團體在上面表演。第一次登臺，我們就獲得了第四名。

「很好，相當不錯，妳們如果體力跟得上，我們就一週來三次！然後看票根排名，如果排名上去了，我就有籌碼和更大的唱片發行商談合作了。」

那之後，我們「爆炸女孩」就以每週三次的頻率去地下劇場，每次都實打實地唱滿一個小時。由於新人團體一般都排在十點以後，所以結束都十一點多了。公司如果不派車送來的話，我也趕不上末班地鐵。

我們幾個偶像只能騎共享單車回家。

但是隨著名氣的擴大，我們的粉絲也漸漸多了起來。每次結束後，總會有幾個人在門口，和我們三個女孩子說一聲「晚安」再回去。為了不讓粉絲擔心，我們把單車停在很遠的地方。一直等到看不見人了，才找出來慢慢騎回家。

有時候太晚了，回家已經兩點了。

然後還是六點就要起床。練舞練到下午四點。

我一直不明白，我為什麼要選擇這樣的人生。做偶像其實和我想像中的完全不一樣，甚至我還是拿工資的，每個月兩千五。

北京城就算是環衛工人都快要上三千了吧？後來我才知道，我喜歡做偶像，喜歡的是自己腦海中自己為自己努力的身影。

一份連醫保都沒有的職業，一個四十平分公尺睡三個女孩子的房間。

當偶像一年，我突然感到累了，想要退出了。

但是排名和人氣一直在上升，偶爾也會接到一些小通告。在一些網路大電影中演一棵樹或者一個妖怪。

戀愛的時代
我們都忘了重頭再來
如果雨下滿了窗臺
你是不是會在原地等待

燈光下，我看到人群中，父親一個人混在年輕人裡面，看著我。我看到他用一種以前從未有過的眼神看我。有一些崇拜，但又並不僅僅是崇拜，還有因為親密關係和固有時光而不想變得卑微的驕傲。

這些神態的綜合體驗如果讓邊邊來做，她一定不可能做到，而我的父親，一個快六十的老頭，輕易地表達出了這樣的情感。

用眼睛。

我本來打算放棄了，感覺怎麼樣努力也沒辦法真正意義上的紅了，結果我爸從家鄉帶來了兔頭，我愛兔頭，兔頭讓我充滿勇氣。結束後，我讓他睡我的宿舍，邊邊和鐵女也一定不會反對，結果他好面子，說自己去外面睡旅館。

那天，他坐了通宵巴士，連夜回去了。

車上來回大概要三十個小時的行程。

不知道為何，我又有力氣唱歌跳舞了。

（完）

◇龍騎士如何進行駕照考試？

文／人渣嘯西風、怎樣

先簡單地講一下C級小型食草龍的考試類型，只說下大體框架，考完試再填坑。

科目一：理論考試

1.生物理論學

a.各龍類最高時速及承載量

b.各龍類口糧選擇

c.各類型龍爪養護

d.各龍類對休息、停靠之溫度與濕度要求

2.道路交通法規

a.交通牌照意義考察

b.草地、雪地、沙地等區域限速

c.騎龍規範

3. 突發事件應對
   a. 龍類情緒失控應急處理
   b. 龍類衝突調停
   c. 龍類碰撞處理原則
4. 常見龍類傷口應急處理

科目二：模擬路考

1. 直線行駛
2. S彎
3. 爬坡
4. 緊急避讓
5. 停龍入欄

科目三：龍類精神穩定性考核

1. 騎手親密度考核
2. 受驚反應度評定

a.對不同類型龍吼反應

b.驚嚇測試

3.耐餓程度考核

考完還要宣誓。

龍騎士領證宣誓誓詞：

我即將成為一名龍騎士。在此莊嚴宣誓：我將自覺遵守交通法律法規，嚴守騎術操作規程，服從交警管理和指揮，謹慎駕駛，文明御龍，積極維護有序、安全、暢通的道路交通環境。

宣誓人：尹志平

體檢要求——

首先，龍騎士作為高級兵種，報考年齡限制在十六至二十七歲之間。由於龍騎士需進行嚴格訓練後才可上天，訓練空騎戰鬥的各種技巧至少需要三年時間，因此需保證學成後年齡仍低於三十歲以下。

即便訓練完畢考核成功，也只是見習龍騎士，想要成長為一名經驗豐富的龍騎士也需要數年的時間。

如果報考年紀太大，等成為正式龍騎士時體能已經開始衰竭，即便尚未開始衰竭也無法保持在巔峰狀態多久，顯然是不行的。

最先挑選的肯定是身高、體重等硬性標準。龍騎士作為戰鬥人員，不能太過瘦小，否則體力太弱。但是顯然也不能太過肥胖，不然影響龍的飛行速度與續航能力。再就是四肢比例不能太奇葩，尤其腿長，要考慮到龍巨大的體型。

篩選標準應為男性身高一百七十至一百八十七公分之間，腿長不應短於七十四公分。骨骼發育良好，腰圍小於八十五公分，腰臀比小於零點九，體型勻稱，肌肉發達，胸、腹、腰等部位無脂肪堆積現象，可視為合格。

然後，身體必須健康，這部份需要進行具體檢測。首先不能有惡性腫瘤，以及可能惡化或可能影響功能的良性腫瘤。不能有傳染性疾病。帶病上天顯然是非常不安全的事情。

接下來，對身體各部位的機能進行具體檢測。

精神、神經系統方面：

不能有精神障礙及其病史和家族史。不能有癲癇及其病史和家族史。

其次不能有睡眠障礙。不能保證充分的休息肯定會發生事故。不能有物質依賴、物質濫用。別說吸毒，菸酒嗜好都不能有。高空飛行你來一枝菸？肯定不行！更別說酒後駕龍害人害龍，更是危害公共安全。

而且不能有言語和語言發育障礙。比如結巴是不能騎龍的，因為要給龍下明確的指令。不能在前面有一大群敵人、明顯不能硬上的情況下，對龍喊：「上，上，上……」等龍衝上去了，來句「上、上升」。這樣很容易被龍從背上扔下去撕了。

不能有周圍神經系統疾病，以及植物神經系統疾病，不能有肌肉疾病。

呼吸系統方面：

因高空氣壓問題，因此駕龍者必須檢查呼吸系統。

不能有呼吸系統慢性疾病及功能障礙。哮喘什麼的肯定不能駕龍，不然上天就完蛋。不能有氣胸及其自發性氣胸病史。不能有肺結核。不能有胸腔臟器手術史。因為會受不了高空氣壓的改變而發病。

心血管方面：

不能有心血管系統疾病。

血壓收縮壓不應持續低於 90mmHg 或高於等於 140mmHg；舒張壓不應持續低於 60mmHg 或高於等於 90mmHg。心率每分鐘不應低於五十次或高於一百一十次。畢竟心臟和血壓不好上天就猝死，不可不察。

消化系統方面：

不應有消化系統疾病、功能障礙或手術後遺症。

肝囊腫直徑不應大於十公釐，或其數目不應超過兩個。不能有病毒性肝炎、肝功能異常。不能有膽道系統結石和膽囊息肉。不能有直腸、肛門疾病及各種疝病。畢竟飛龍不是你想飛就能飛，剛飛起來你說：「哎呀，我要拉肚子，你再落下去吧」，這樣很容易被龍撕了。

泌尿生殖系統方面：

有泌尿系統疾病及其病史的不合格。有泌尿系統結石的不合格。有生殖系統疾病的不合格。什麼尿急、尿頻、前列腺增生肥大的，上天就尿龍一背，那我啥也不想說了，被龍打死也不能怨命不好。

血液系統方面：

不能有血液系統疾病及其病史。什麼血友病、白血病，碰個傷口就血流不止肯定別想當騎士了，騎馬的騎士都不行！

不能有代謝、免疫、內分泌系統疾病及其病史。

骨與關節不能有疾病或畸形。不能有影響功能的骨骼、關節、肌肉或肌腱疾病，以及畸形、損傷、手術後遺症及功能障礙。

不能有傳染性的、難以治癒的或影響功能的皮膚及其附屬器官疾病。萬一你特麼再給龍傳染上該怎麼辦？

視力方面：

龍騎士在高空戰鬥，對視力的要求自然是很高的，所以任何一眼裸視的遠視力不低於 0.3，戴鏡矯正視力不低於 1.0，散光不超過 ±3.00D。

不能有視野異常、色盲、色弱、夜盲、斜視、青光眼、高眼壓症、瞳孔變形、運動障礙。不能有難以治癒或影響眼功能的眼瞼、結膜、淚腺疾病、角膜疾病、角膜屈光手術後或影響視功能的角膜瘢痕。不能有鞏膜疾病、玻璃體疾病、視網膜、脈絡膜、視神經疾病。不能有虹膜睫狀體疾病及其病史。

耳鼻咽喉及口腔方面：

龍騎士傳達命令也好、躲避攻擊也好，都需要聽覺靈敏。所以任何一耳純音聽力圖中空氣傳導聽力曲線在 500、1000、2000Hz 任一頻率聽力損失超過 20dB；250、3000Hz 任一頻率聽力損失超過 25dB；4000、6000、8000Hz 三個頻率雙耳聽力損失總值超過 210dB 均不合格。

不能有耳氣壓功能不良、前庭功能障礙、鼓膜穿孔、重度病變、中耳疾病、內耳疾病、影響功能的鼻及鼻竇慢性疾病、難以治癒的或影響功能的咽喉部疾病、影響功能的口腔疾病和牙頜畸形。最後不能有眩暈史。暈船、暈車你還想騎龍上天？來人，拉出去餵龍。

生理方面檢查合格後，肯定還要檢查心理健康，不能具有反社會傾向，一言不合就騎龍報復社會，那危害就太大了。所以基礎的能力測試和人格測試是一定要有的。

最後當然必須保證龍騎士不會騎龍叛逃、不能是臥底。

龍騎士的直系、旁系三代以內相關親屬都要調查。龍騎士本人必須未受過刑事處罰或其他刑責。無未了結的刑事訴訟。無吸毒、賭博等違法行動。未參加過非法組織。近三年的現實表現良好，品行端正。

配偶、直系親屬和直接撫養人，無因危害國家安全罪或危害公共安全罪受過刑事處罰，或因其他犯規受過十五年以上有期徒刑的刑事處罰。配偶、直系親屬和直接撫養人，沒有曾為非法組織主要分子，或正在參與非法組織活動的情況。

在以上條件均過關的情況下，就可以報考龍騎士培訓，努力成為一名光榮的龍騎士了。

（完）

◇葬愛家族族長如今的生活狀態如何？

文／陳默

1

暮雪遲來，暗黃色的燈光灑落街道，自行車整齊地堆放在電線杆旁。

小賣部的屋簷下，老人哆嗦著喝了口熱茶，口中呼出的白氣轉瞬即逝，他正了正頭上的舊軍帽，將手縮進袖子，面無表情地看向鎮口，雙眼無神。

「您好，請問這裡是剎馬鎮嗎？」

柔和的男中音傳來，老人抬頭望去，卻只看見中年人朝他微笑，身邊有一名年輕姑娘，舉手投足之間無不淡雅，她的微笑像是許久不見的老友的親切問候。

「這得看你想去哪兒了，」老人吸吸鼻子，今年的冬天格外寒冷，彷彿要將此地冰封，「往前走就是剎馬鎮中心，其實這兒就相當於剎馬鎮，我就是這裡看鎮口的。」

「終於回來了，我們走吧，安安。」中年人吐出莫名其妙的一句話，招呼女孩後順便對老人拱手道謝，「多謝了。」

老人擺擺手，中年人帶著女孩遠去，消失在風雪中。

老人站起身活動了一下身子，一股寒意卻順著脊椎攀上後頸，他想到一個可怕的事實。

剛才自己一直看著鎮口，這兩個外來者，是怎麼進來的？

他覺得後背冰冷，開始仔細回憶剛才的情景。

老人的確沒有怠忽職守，可外來者彷彿瞬間出現一般，如光似的閃爍到自己面前。他在這裡看守了二十年，也消磨了二十年的時光，如果不是曾經的那件事，老人現在應該兒孫滿堂，在家裡享清福，又何苦於寒冬臘月仍舊工作。

那麼，能逃過自己這雙眼、逃過二十年如一日的眺望，再加上剛才那句話，就只剩下一種可能！

是他，他回來了！

有什麼東西模糊了老人的雙眼，他抬手擦了擦，卻是豆大的淚珠出現在手背上。老人顧不得激動的情緒，跑進小賣部抓起電話，顫抖著撥了一個號碼。

「回來了！荒子回來了！」

他控制不住身體的抖動，眼中淨是渾濁的淚水。

破舊倉庫內，年輕人們跟著勁爆的音樂節拍起舞，在為首的小鬍子的指導下認真地跳著不知名的舞蹈。他們很刻苦，汗水順著額角流下，但依然盯著小鬍子的動作，不讓自己慢上半拍。

「親愛的，我愛你，愛著你，就像那老鼠愛大米。」

「套馬的漢子你是 bad boy。」

「悠悠的唱著那！最炫的民族風！」

「我忍不住去採，我忍不住要去摘。」

……

隨著音樂聲起舞，眼神迷離而又專注，他們沉浸在舞蹈的世界裡，並為自己以這為信仰而感到開心。

當然，如果不是他們每個人不同顏色的頭髮、衣服上閃閃發光的掛飾，以及臉上化得連他媽都認不出來的煙熏妝，他們就是一群學舞蹈的孩子。

而他們現在，是一幫「殺馬特」。

音樂聲止，小鬍子拿起水瓶喝了口水，對著年輕人們指點。

「黃毛，你剛才那段應該更用力一點，別這麼娘，看著怪難受。」

「爆炸頭，你把腰上那個亮片整到肩膀上……對，這樣炫一些。」

「還有雞冠頭，回去頭髮剪一下，太長了跳舞的時候會擋著身後的人。」

「說的沒錯，雞冠頭你……」小鬍子反應過來，剛才那句話並不是自己說的，他扭頭看向身後，中年人悄無聲息地站在那裡，好像還站了挺久。

「這位朋友，有何貴幹？」小鬍子拱手詢問，能在他眼皮子底下待這麼久還沒被發現，除了父親他再沒見過第二人。

直覺告訴他，來者不善。

中年人沒有回答他，而是自顧自沿著牆壁繞倉庫慢慢行走，不時伸手撫摸牆壁，像是在懷念什麼。

殺馬特們這才注意到，那裡還有個女孩。黑髮披散在肩，好似蒼暝暮色籠罩西方晚霞後的無盡夜空，那雙純黑的眸子鑲嵌在一張矜持的面孔上，卻是慧黠多端、洋溢生命的，同她身上厚厚的冬衣截然不能相稱。

「妹子妳好，」雞冠頭首當其衝，用力甩了下紫色長髮，露出一個自以為酷到極致的表情，

「我叫魂殤．冷少，不認識一下嗎？」

黃毛將他推開，用手半捂著嘴唇，假裝自己是韓劇男星：「他能有我魂殤．歐皇靠譜？妹子，不如一會兒出去吃個飯？」

女孩笑了笑，殺馬特們也跟著笑起來，然而女孩驟然出手，狠狠地搧了黃毛一巴掌。

「啪！」

聲音之大，天地迴蕩。

中年人回頭看了看，沒有說什麼，小鬍子緊盯著中年人，不敢輕易動彈。黃毛捂臉，一臉不可置信，而映入眼簾的，是一個三十五碼的鞋底。

女孩一邊踹黃毛，一邊罵罵咧咧嘴裡不乾淨：「我靠就你這樣兒還想泡老娘？小崽子回家找媽媽喝奶去吧，也不撒泡尿瞅瞅你那樣兒，逗老娘玩兒呢你？不知道你身上的亮片閃著老娘眼睛了啊？」

殺馬特們震驚了，上一刻女孩還是天使，現在卻如同地痞流氓一般。當他們反應過來時，黃毛已經倒在地上痛苦地捂著襠部，蜷縮成一團。

敢情女孩剛才就杵著這兒踹，太狠了。

女孩從兜裡摸出香菸，叼在嘴裡點燃，眼神睥睨，「渣滓還想學人泡妞。呸，什麼玩意兒？」

中年人終於轉回來，搖頭嘆息，拉著女孩往外走。

小鬍子展開雙臂擋在他們面前，「打了人還想走？」

「明天中午，剎馬鎮廣場，把雷昊叫來。」中年人輕聲細語，傳到小鬍子耳中卻如同驚雷。

小鬍子驚叫起來：「你到底是誰？你怎麼知道我爸的名字？」

中年人有些不耐煩了，儼然換上長輩的語氣教訓道：「魂殤家族族長就這麼不冷靜？遇事只會大呼小叫？自己回去問你爸，兔崽子。」

中年人一步步向外走，小鬍子不敢追上去，身處江湖數十年，他知道有些人他惹不起，例如這位大叔，看上去和普通中年人沒兩樣，而他眼底的情緒像極了一位流亡的君主。

不過現在，他回來了。

中年人走在街上，寒冬的夜晚四下寂寥，連個問路的人都沒有，他卻彷彿在這個小鎮生活過許多年一般，七彎八拐輕車熟路，不一會兒，他站住腳跟。

「葬愛理髮店」，他抬頭看到這個招牌，又是一陣嘆氣。

「你今天好像很多感觸。」女孩歪著頭，語氣關切。

中年人聳肩道：「二十年沒回來，看到這裡都變了樣，能不感慨嗎？」

他推門而入，裡面又是一群殺馬特，他們齊聲喊著「歡迎光臨」，一邊拿價目表給客人看。

中年人伸手拒絕了粉毛的動作，詢問道：「你們店長呢？」

粉毛愣了一下，回應他：「我就是店長啊。」

「不，我是指真正的店長。」

話音剛落，殺馬特們圍了上來，大有一言不合下死手的氣勢，若是仔細看會發現，他們也很緊張，握緊的拳頭微微發抖。

「別緊張，孩子們，」中年人輕鬆安撫，「這麼說吧，王師傅呢？我和他是老朋友了，只是想見見他，沒別的意思。」

粉毛猶豫了一會兒，決定妥協：「跟我來吧。」

殺馬特們看粉毛同意，迅速行動起來，有人拉窗簾，有人推門賊眉鼠眼看著門外，像是防著什麼人，在確定無人偷窺後鑽回店裡，拉下鐵閘門。

粉毛打開試衣鏡後的暗門，通道內日光燈管亮起，深處的黑暗彷彿誘惑他們前行，女孩縮縮脖子，中年人一馬當先走在最前面。

暗門之內，還有一扇門，中年人忽然停止不前，女孩投去不解的目光。

她像是意識到了什麼，伸手將中年人的手握進掌心，用力捏了捏。她知道，中年人一旦打開這扇門，就等同於打開隱藏在心底二十年的祕密，任何人在面臨選擇時，總是不由自主地怯懦，此刻的他需要一些安慰與鼓勵。

中年人欣慰地笑笑，拉下門把手，打開了內門。

門內，衣著邋遢的老人吃著面前紙盒裡的大腰子，不遠處的電視機裡播放著殺馬特們的舞蹈。那影像似乎有些老舊，甚至連畫面都是黑白，老人卻看得津津有味，像是沒有意識到外來者進入，依然吃著腰子對著電視機嘖嘖稱讚。

中年人上下打量這間屋子，到處都是吃剩下的紙飯盒，他默不作聲地站到王師傅身後，同他一起觀賞影像。粉毛撓撓頭，想要告訴他有客人找，卻被女孩攔下。

二十分鐘後，影像結束，最後的畫面是三個大男孩勾肩搭背，對著鏡頭傻笑，其中兩人眉宇間與中年人和王師傅有些相似。

「你還知道回來？」王師傅開口，聲音滄桑：「你還知道回來！」

這一次，他幾乎是咆哮出口，站起身怒目瞪著中年人。

粉毛和女孩退出門口，輕輕幫他們帶上了門。

「你為什麼現在才回來？」王師傅的語氣裡多了哀求與委屈：「你知不知道你走的二十年，『葬愛家族』都過得什麼日子啊？」

他抓住中年人的衣領，提到自己面前，「你說啊，何荒！你為什麼走這麼久都不給我們來點音訊！」

王師傅終於崩潰，頭埋在何荒衣領下痛哭，何荒抱著他，用手輕撫他的後背。

2

「別哭了老王，我這次回來，就是為了復仇。」何荒聲音不大，但異常堅定。

王師傅猛地抬起頭，張大了嘴巴，「你……終於要回來重新領導我們了？」

何荒點頭，王師傅展露笑顏，拉著何荒就往外走，一邊走還一邊喊：「小的們都出來！看看誰回來了，咱們『葬愛家族』族長回來了！」

年輕的殺馬特們在確定自己的店長沒有突發性神經病之後，都震驚地看著何荒，尋思著剛才接待的時候有沒有什麼不妥之處。

「愣著幹什麼？給老子再去買大腰子啊！再來兩手啤酒！」王師傅一腳踹向粉毛屁股，指使他做事，「今天我要喝個痛快！」

「先別著急，我給你介紹一下，」何荒指著女孩，「楚安安，我愛人。」

「大嫂啊！」王師傅熱情地拉過女孩，「族長能有這麼漂亮的老婆，老天有眼啊！」

楚安安愣了愣，反應過來小鎮上的人一直都是這麼說話，也就沒多在意。

何荒嚴肅起來：「老王，剛才我和雷子明打過招呼了，明天中午約雷昊在剎馬鎮廣場決鬥，小兔崽子今晚肯定會找上門來，不抓緊時間幫我換一身行頭？」

「對對，」王師傅搓搓手，「你看我都給忘了，咱殺馬特對決，怎麼能沒有一身好行頭？來人啊，把我衣櫃裡的箱子拿出來，我今天要好好動手了！」

殺馬特們又是震驚，王師傅親自動手？多少年沒看到過了？至少在自己進店工作後就沒看見過，唯獨粉毛有幸目睹過王師傅的風采。

粉毛激動，拜在王師傅門下後他就教了自己如何理髮、燙髮，之後便一蹶不振，整天窩在房間裡足不出戶，一窩就是二十年，今天師父又親自動手，粉毛有點想哭，自己的師父，隨著這個中年人又回來了！

轉眼間箱子被拿出，殺馬特們圍成一圈，想要看店長深藏二十年的手藝，楚安安也坐在一旁托著腦袋好奇張望。

箱子打開，王師傅從裡面拿出剪刀、錐子、五顏六色的染髮劑、膠水、鞭炮……等等，膠水也就算了。

鞭炮是哪兒來的！

人們看著王師傅從箱子裡提出一大串鞭炮，包裝紙紅彤彤的甚是喜氣，和王師傅臉上的表情有得一拚。

「師父，」一名白髮刺蝟頭舉手示意，「您拿鞭炮幹什麼？還有膠水。」

「愚蠢，看好了，這才是殺馬特一脈的真諦！」

王師傅摘下何荒的帽子，一頭長髮脫帽而出，王師傅意識到何荒也為今天準備了很久，不禁流露出欣慰的目光。

手起剪刀落，多餘的髮梢被王師傅一刀切斷，殺馬特們心中感慨自己和師父真不是一個級別，那手速、那俐落勁兒，嘖嘖，換成自己少說也得練個十幾年。

剪刀在何荒腦袋上極速遊走，彷彿蝴蝶起舞於花叢，只一瞬，何荒的頭髮看起來就比從前乾淨不少。

緊接著是鞭炮，一圈圈被王師傅盤在何荒頭頂，火焰流竄在打火機噴口，他作勢就要點火。

「等一下！這樣會傷著人啊！」楚安安和粉毛同時出聲抗議，換來的卻是王師傅一臉沉痛。

「你們還是太年輕了，」王師傅搖頭嘆息，「你們以為殺馬特僅僅是染個髮瞎跳舞就是了？不，真正的殺馬特，是甘願承受痛苦換回掌聲，是血與火鑄造的榮光！」

他點著鞭炮，引信燃盡，鞭炮劈裡啪啦作響。

楚安安再想阻止，已然來不及，鞭炮爆炸逼得她自顧不暇，但她還是緊張地盯著何荒，生怕出了岔子。

鞭炮炸光，王師傅迅速擠出染髮劑塗抹，在還未消散的高溫下，頭髮很快就變了顏色，王師傅似乎並不怕高溫，他此刻異常興奮，因為曾經的族長回來了，葬愛家族終於迎來新一次的希望。

煙霧散去，何荒已然變了模樣，王師傅倒上膠水，仔細為他梳理頭髮。一頭濃密黑髮，終於變成巨型爆炸頭，王師傅還用頭髮將何荒的一隻眼遮擋，讓他看上去更有當年風範。

「成了！」王師傅仰天長笑，雙手是被高溫燙出的血紅。

楚安安數了數何荒的髮色，紅橙黃綠藍靛紫，七種顏色一個不少，全彙集在何荒腦袋上。

王師傅又從箱子裡拿出黑衣，上面布滿了銀色晶片，在燈光下閃閃發亮。何荒張開雙臂，王師傅在身後為他穿上，輕拍後背消除衣服褶皺。

何荒整理了一下衣服，從箱子裡拿出畫筆將眼圈塗黑，又在臉上抹了幾道，他轉過身來，氣場瞬間迸發，殺馬特們看著他如同看見心底最恐懼的東西，紛紛低下頭不敢直視。

那是子民不敢看向皇帝的眼神，怕自己的目光玷污了皇帝的新裝。

王師傅激動地跪倒在地，流著淚高喊：「族長！歡迎回家！」

「我明白了……我明白了！」身為大弟子的粉毛猛然抬頭，有淚湧出，眼神卻澄澈透亮，他對著王師傅大喊：「殺馬特髮型的真諦，就是先拿鞭炮炸，再用膠水塗！」

是了，世間萬物本就該如此簡單，只有最簡單粗暴的方法，才配得上「殺馬特」這三個大字！什麼等離子燙髮，什麼純天然燃料，統統都是個屁！

一旁的殺馬特們都反應過來，原來自己的前輩們曾經是那麼拚命，他們用著劣質染髮劑，頭頂鞭炮，就像王師傅剛才說的，真正的殺馬特，是在血與火中鑄造出的榮光！

原來自己成為殺馬特這麼多年，連皮毛都沒有碰到……

想到這裡，殺馬特們更加慚愧，又全都飽含淚水，因為他們的皇帝今天親自給他們上了一課，這堂課足以讓他們在今後的殺馬特生涯中受益終生。

「聊得這麼開心，很囂張啊老頭？」有人踹爛了鐵閘門，甩著同樣的七彩毛，飛揚跋扈走進理髮店。

下一刻，他卻愣住了，雷子明從來沒有看見過如此鐵血的殺馬特，就連自己的父親都不及這人。這人靜靜地站在那裡，一句話也不說，他卻不敢再進一步。

時間彷彿停滯，雷子明清晰地聽見自己的心跳聲，他明白了眼前這人是何荒，是那個來他們「魂殤家族」訓練場的中年人。

可他為什麼在短短幾小時內變得如此可怕？為什麼！

「拚了！」雷子明咬牙切齒，自己本就不服父親被這個外來者挑戰，父親的敵人只有「葬愛家族」，詢問下對方最後的領地也只有這家理髮店。他今晚就是來找茬的，要狠狠地羞辱他。

雷子明躍起，兩條腿開始旋轉，雙手交替撐地。他轉得越來越快，年輕的殺馬特們看著都有些頭暈，紛紛轉過頭平復內心，唯恐再看下去會走火入魔。

何荒還是這麼看著，還是一句話也沒說。

雷子明心裡卻在咆哮。來啊！何荒，你不是曾經「葬愛家族」的族長嗎？來試試打敗我啊！這套七千兩百度阿姆斯壯湯瑪斯迴旋、我的最強殺招，你破一個試試啊！

看著看著，何荒笑了起來，「原來現在的對決還是鬥舞嗎？這樣就好辦了。」

他抬起一條腿，腳尖指向蒼穹。

如此簡單的動作，雷子明心裡震撼得無以復加！何荒單腿朝天，這是「意」，意為「蹬天踢」，若是只蹬天，那人就會下落，所以他的另一條腿在地上，堅忍不拔！

那腿，便是柳樹的根。根不亂，任你狂風暴雨，又如何？

何荒朝天的腿下落，帶來一陣風，那風也因為何荒的「意」而不再是單純的風，它是從天上下來的。

何荒帶下的，是整個蒼穹。

「啊！」雷子明承受不住這「意」，鮮血從口中迸出，身體不自覺後退跌坐在地。

怎麼可能？自己在何荒面前，竟連一招都走不過！他是「魂殤家族」第二任族長，是未來要帶著家族發揚光大的男人，怎麼能在這裡倒下！

「你！你怎麼可能引動這股力量！」雷子明咆哮，他不相信這是真的。就算你是「葬愛家族」第一任族長，也不可能擁有這股力量。

這股力量，足以毀天滅地。

「年輕人，別看見什麼就說不可能，我們老一輩創立『殺馬特』，可不是憑空來的。」何荒淡然出口：「你走吧，晚輩敗了就不算敗，我只是為了復仇，明天中午，叫雷昊來見我。」

雷子明走了，背影有些慘澹。

血跡斑斑，點綴在身後的街道，雷子明跌跌撞撞前行，不時栽倒在地上，又爬起來往前走，或者說匍匐前進。

店裡的殺馬特們隔著厚重的牆都能聽見他悲痛的笑聲，他們明白，雷子明廢了。這次打擊會使他墮落下去，成為他生涯中邁不過去的一道坎。

3

午後，烈陽，冰雪融化。

雷昊早早來到剎馬鎮廣場，周圍全是「魂殤家族」的人，即使這麼多人，他也依舊有些緊張，因為何荒回來了，他知道何荒見他是為了什麼。

昨晚雷子明回家後口中念叨著「天意……天意……」便倒地昏迷不醒，二十年了，終於又輪到自己了。

廣場上擠滿了吃瓜觀眾，對著雷昊他們指指點點。何荒終於來了，染著象徵殺馬特王者才配擁有的七彩冠，撥開人群緩緩走來。他身邊的女孩有些眼熟，雷昊忍不住多看了兩眼，直覺告訴他他應該見過這個女孩，卻想不起來在何處見過。

何荒這邊就三個人，楚安安、他，還有王師傅。

儘管人數上沒有優勢，可何荒還是那麼淡定。

就像二十年前一樣。

雷昊站了起來，朝何荒走去，在離他十公尺的地方停住。他看了看何荒，裝束和二十年前一模一樣，他忽然有些後悔，或許他不該做出那些事，那樣自己的孩子也不至於變成廢人。

「閒話少說，開始嗎？」雷昊盯著何荒，眼底淨是怒火，何荒要復仇，他何嘗不是？兒子昏迷不醒，他今天就要化身亡命之徒為兒子報仇！

「請。」何荒伸手，優雅地讓雷昊占先機。

於是雷昊動了，在這片白雪還未化盡的地上。

沒有音樂響起，因為殺馬特的最高境界便是舞曲合一，當人們看見舞蹈，腦海中就會自然播放音樂，無論之前是否聽過。

人們看到了雷昊，也看到了他的舞蹈，這個四十多歲的中年人，像個小夥子一般在地上起舞。開始他們還指點，後來卻驚訝得說不出話。

那太美了，簡直堪稱絕妙！世上不該有如此完美的舞蹈，柔中帶剛，剛柔並濟，在舞曲的最後，雷昊雙手撐地腿部朝天，人們隱約聽見九天之上傳來響亮的龍吟。

這是雷昊的出手，「龍嘯九天」。

雷昊站起身，身上飄浮著白氣，或者說龍氣，周圍的雪被這高溫融化了一大塊，可雷昊衣服上沒有半點水漬。

以舞蹈起高溫，將水瞬間蒸發，試問當今世上還有誰能做到？

何荒鼓掌，他看出這舞的精妙，也為曾經的老友舞技更上層樓感到開心。

不過這仇，還是要報的。

「上來就使殺招，看來你也只能如此了。」

聽著這話，雷昊愣了一下，難道何荒還有比這更厲害的招式？厲害到可以打敗自己殺馬特生涯以來最強悍的殺招？

何荒起舞，雷昊卻皺緊眉頭，這舞姿分明和剛才自己跳得一模一樣。

——何荒啊何荒，若只是這樣，你憑什麼擊敗我？

雷昊心裡想著，唇角翹出嘲諷的笑。

何荒最後的姿勢也是雙手撐地腿部朝天，可並沒有龍吟。

「魂殤家族」的一名蝴蝶頭嘲諷道：「傻叉吧你？還敢和族長跳得一樣，龍叫呢？啊？怎麼沒有？老頭你還是回去備棺材吧，哈哈哈哈。」

雷昊抬手，制止蝴蝶頭再說下去。他的語氣略微悲憤：「我輸了。」

殺馬特們群情激憤，族長居然說自己輸了？

「族長，他明明模仿你啊！」

「就是臭不要臉，連龍叫都沒有。」

「是啊族長，你明明贏了啊？」

「你們看他身上吧，有水漬嗎？有白氣嗎？」雷昊慘笑，「他沒有依靠龍氣，就能讓身上不沾一點水，而他絕對能跳出龍氣，他卻沒有用，這不是我輸了，是什麼？」

殺馬特們沉默了，族長說得沒錯，何荒身上一點痕跡都沒有，他還是只用了一招結束戰鬥，僅僅一招，便壓得敵手抬不起頭。

「規矩還記得吧？」何荒出言提醒。

「怎麼會不記得？」雷昊搖頭，「終生不得再起舞半步，否則，被灌成水泥柱而亡。」

「族長！不能認輸啊！」

「對，他只是占了便宜，族長不可能輸的！」

「好了好了，都別說了，願賭服輸。」雷昊直視何荒，「荒子哥，你就這麼想復仇嗎？」

何荒沒有搭理他，徑直走到廣場正中心，他環顧四周，不帶一點溫度的聲音響起：「你們這些毛頭小子都在？那正好，我就給你們講講我為什麼要回來，為什麼要復仇！」他深吸一口氣，緩緩開口：「二十年前，剎馬鎮還不叫剎馬鎮，而殺馬特也是那時候才問世……」

「荒子哥，咱們今天幹麼？」十六歲的雷昊跑到何荒面前，問這個十八歲的大哥今天有什麼好玩兒的。

「小屁孩子，不好好學習整天就想著玩兒。」何荒朝他後腦杓輕拍一巴掌，「你想玩兒什麼，荒子哥今兒陪你。」

「不如……我們去偷看香香洗澡？」雷昊悄悄說道。

何荒又是一巴掌招呼，「好你個雷弱，一天想點兒好的成嗎？」

那時的雷昊還不叫雷昊，因為從小身體瘦弱，父母便取了「雷弱」這個名字。

「嘿，她楚家大小姐可漂亮了，荒子哥，真不想去看看？」雷弱嘿嘿笑道。

「你個傻叉，要吸引人家女孩子，當然得想點兒法子，偷看算什麼本事？」

「啊，那該怎麼辦？」

何荒站起身，眼神發亮，「那當然是要當特別的人！」

不等雷弱開口，他又說道：「首先，你這名字得改，雷弱雷弱聽起來就娘，改成雷昊吧。」

年幼的雷弱納悶兒：「荒子哥，是哪個字啊？」

何荒神祕一笑，「昊，日天昊。」

「臥槽霸氣啊！」雷弱恍然大悟，「那荒子哥，我們怎麼才能變成特別的人？」

「那我們就得有名號，我問你，我們這兒叫什麼名字？」

「殺馬鎮啊，祖上靠屠宰馬匹販賣為生，就順口叫了這個名字。」

「沒錯，那既然我們要特別，乾脆就叫『殺馬特』！」

「天才啊，荒子哥！」

兩人在夕陽下，就這麼草草決定了以後的名號，而這，也正是殺馬特的由來。

再後來，何荒成立了「葬愛家族」，雷昊成立了「魂殤家族」，他們在殺馬特的道路上越走越遠，吸引了不少年輕人加入，這其中就包括了小鎮理髮師老王的兒子，後來也成了王師傅。

他們三個組成殺馬特三巨頭，快意、瀟灑。

吸引女孩的計畫也朝著預料中發展，楚香香很快便被化著煙熏妝的少年們吸引，並且加入他們。

競爭總是殘酷，日子一天天過去，楚香香漸漸傾心何荒。終於，在一場雨夜中，何荒帶著楚家人出走小鎮，再也沒有回來過。

憤怒的雷昊舉族對「葬愛家族」發起挑戰，打跑了一個又一個殺馬特，同時殺馬鎮也不再叫這個名字，而是被大家喚作「剎馬鎮」，彷彿這樣做了，人們就會忘記這幾十年間兄弟手足相殘的過往。

「那你到底為什麼回來？又為什麼打著復仇的旗號！」雷昊質問。他當然不服，葬愛家族被自己打垮這麼多年，何荒都沒有過問，如今突然回來，誰也不知道原因。

何荒點燃一根菸，沉聲詢問：「你還記得你幾個月前舉報的那家皮革廠嗎？」

雷昊睜大眼睛，自己幾個月前的一天晚上喝醉了，在看新聞的時候看到一家皮革廠，老闆在電視裡耀武揚威，說他們的皮包都是馬皮質，異常耐用。雷昊想到以前的殺馬鎮，一氣之下便胡亂編了個理由，向當地舉報了這家皮革廠。

對，沒有理由，老子就是看你有錢不爽怎麼著吧？

記憶中的老闆身影和何荒漸漸重合，雷昊打了個哆嗦，那老闆竟是何荒！

僅因為他化妝，再度成為過去的帝皇，他便沒有認出何荒。熟悉的過去掩蓋了事實的真相，雷昊心中震撼得無以復加。

這不可能啊？

何荒知道雷昊還有些東西沒有想通，他沒再說什麼，只是掏出手機播放音樂。

「王八蛋王八蛋老闆黃鶴，吃喝嫖賭欠下三點五個億。」

「帶著他的小姨子跑了！」

「我們我們沒有辦法，拿著錢包抵工資！」

何荒將楚安安拉到雷昊面前，告訴他：「這是楚安安，你，想明白了嗎？」

石破驚天！

雷昊的手在顫抖，他早該想到，何荒，黃鶴，僅僅是名字倒過來，他們根本就是同一個人！

他也知道了為什麼對楚安安有如此熟悉的感覺，楚安安、楚香香，連取名風格都一樣，再加上那句「帶著小姨子跑了」——她們是姊妹！這也能解釋為什麼楚安安會這麼年輕，想必是何荒當年帶走楚家人後才出生的，可不就是何荒的小姨子麼？

等等，那楚香香呢？她沒在何荒身邊，難道……

雷昊抬頭，臉上是不敢相信的神情。

「是的，」何荒痛苦，他實在不願想起這段回憶，「在逃亡路上，她不幸車禍，死了。」

「你開心了嗎？就因為你的舉報，她死了。」

「歪打正著弄得我家破人亡這不是你應該開心的事嗎？笑啊！你怎麼不笑了！」

雷昊感覺整個天空在旋轉，他有些發暈，記憶中的何荒和楚香香彷彿又出現在他眼前，楚香香似乎還是那個稚嫩的女孩，拉扯著雷昊的衣角讓他允許自己加入殺馬特。

「哈哈哈哈，是這樣，原來是這樣！」雷昊大笑，兩行清淚流出眼眶，他瘋了，因為自己的過失徹底瘋了。

他奔跑著抓住一個殺馬特，口中不斷叫喊：「我害死了香香，我害死了香香！」

他又跑向另一個人，重複著與剛才同樣的話。

何荒搖搖頭，他也有些不忍，在寒風中帶著楚安安離去。

「不再回來了嗎？」王師傅出言挽留。

「不回來了，大仇得報何必再留，本是江湖人，自然江湖遊。」何荒瀟灑地甩手，可王師傅分明看見他在哭泣。

縱然曾為殺馬特帝王，也會為紅顏消逝而痛心。

王師傅還想說什麼，卻聽見何荒高唱著歌，他呆了一下，那首歌很熟悉，打小他們就會。

在他們還是殺馬特三巨頭的時候，就經常抽著菸喝著酒蹲在馬路牙子上歌唱。

長亭外，古道邊，芳草碧連天；
晚風拂柳笛聲殘，夕陽山外山。
天之涯，地之角，知交半零落；
人生難得是歡聚，唯有離別多……

（本故事純屬虛構，請勿模仿）

（完）

第三篇

美食指南大揭密

◇如何優雅地吃乾脆麵

文／藍祭祀

那時我剛剛成為一個有錢人，我下定決心，要吃遍世界上所有的美食。

你不要問我的錢是從哪裡來的，可能是我撿到了一個裝滿鑽石的飯盒，可能是我叫滴滴快車叫到了一輛運鈔車，也有可能是某個高維宇宙燒紙錢不小心燒到了我這裡。總之，我成了有錢人。

我想過去極北的戈壁尋找傳說中加寬麵的大盤雞，也想過到東方的海邊品嘗兩千塊一碗的砂鍋粥。

而最終，我確定了目的地，傳說中的美食之都：廣州。

我端坐在一間裝修考究的房間裡，面前是一張巨大的圓桌，潔白的桌布像會發光，讓我睜不開眼。我想，這到底用了多少螢光劑。這裡，是廣州首屈一指的國營餐館。

一位身著黑衣、畫著紫色眼影的侍者向我微微一鞠躬，「客人，有什麼能幫您的嗎？」

我一指地上的麻袋，「看見這個麻袋了嗎？裡面裝的都是錢。我特意來到美食之都廣州最好的餐館，就是為了嘗到最頂級的美食。」

侍者點了點頭，「好的。那麼，您想吃什麼？」

我輕輕地吐出一個字：「麵。」

這一瞬間我看到，侍者的身體微微震顫了一下。他知道，他遇到了高手。品嘗美食的行家，不會選擇那些食材名貴的大菜，只會點最普通的食物，這樣才能看出廚師的功力。就好比開著剛彈用鐳射劍砍死人不算本事，隨隨便便用一根筷子就能置人於死地的，才是真正的高手。

侍者又鞠了一躬，退了出去。過了一會兒，他走進來，將一個加了蓋的盤子恭恭敬敬地放到我面前。

「客人，您要的麵好了。」

在揭開蓋子的一瞬間，我驚呆了！我本以為，我看到的將是一碗如同火焰般燃燒著的重慶小麵，又或者是濃縮了一整頭牛的精華的牛肉麵。

然而，呈現在我面前的，竟然是一包——小浣熊乾脆麵。

我冷笑了一聲解開襯衫的第二顆扣子，露出我的大金鏈子和胸口的喜羊羊紋身。

「你們不要覺得我好忽悠。我辛辛苦苦扛著一麻袋錢，坐了三十個小時硬座來到這裡，是為了品嘗頂級的料理，不是一塊錢一包的垃圾。」

「那個服務員，你一個大男人畫什麼紫色眼影？你是不是有個英文名叫 Xiao Shenyang？我告訴你，我不是你們惹得起的人，我有一百種方式讓你待不下去，而你們卻無可奈何。」

「我要讓你明白，我，從不說空話。」

侍者擦了擦汗說：「客人您不要這樣威脅我，我快要嚇尿了。這道菜並不是您想像得那麼簡單，我們的主廚會親自向您講解。」

一位一身雪白衣服的年輕人走了進來，向我抱了一下拳。

「請問您對我的料理有什麼不滿嗎？」

「我不明白，為什麼會給我端上來這樣的垃圾。」

「尊敬的客人，這道菜並不是您想像的那樣。」年輕人上前一步，「事實上，它是料理界的一個傳奇。您可知道，這乾脆麵為什麼叫做小浣熊，而不是小刺蝟、小蛤蟆？」

這是一個我從未想過的問題，我搖了搖頭。

「您可知道，在東方有一個叫邪馬台的古國？守護那個國家的，就是浣熊神。浣熊神經常變化成各種形態降臨人間，據史料記載，祂最近一次降臨時，通體是夢幻般的藍色，那裡的人為了紀念祂，將祂尊稱為，哆啦A夢。」

「而這乾脆麵，就是浣熊神用祂的神力創造出來的，也就是所謂的，傳說中的料理。」

他的話震懾住了我，包裝上的小浣熊也似乎在一瞬間高大了起來。

「那麼，這道料理有什麼特殊之處嗎？」

「客人，請您看看它的包裝。」年輕人拿起乾脆麵，指著包裝袋上的字，說道：「這道料理在唐朝時隨遣唐使來到中國，唐玄宗品嘗後驚為天人，於是命令顏真卿用他最精妙的筆法為它提名。」

我看著「小浣熊乾脆麵」六個大字。的確，蒼勁古樸，是大師手筆。

「請您再看看它的口味。」年輕人指著下面的小字，「奇奇怪怪味，這是浣熊神留下的至高傑作。奇者，奇妙也；怪者，不凡也。此味只應天上有，人間哪得幾回嘗。只要按照我的方法，您就可以品嘗到世間罕見的美味。」

我點了點頭。

「那麼，開始吧。」年輕人向侍者揮了揮手，幾分鐘後，幾個燭臺被拿到桌上。

「燭光晚餐？」我笑了，「這蠟燭未免太多了些。」

年輕人搖了搖頭，說：「這並不是燭光晚餐。我接下來要做的，是讓上天的力量注入這道料理。」

說著，他飛快地將燭臺擺放在乾脆麵周圍的七個位置：天樞、天璿、天璣、天權、玉衡、開陽、搖光。

「北斗七星？」我驚叫了出來：「這是……諸葛亮用過的七星燈祕法！」

話剛出口，我就看到眼前的燭光突然開始劇烈地搖晃起來。我感到從我的右側，襲來一股強烈的氣流。

「東風！」

年輕人愣了愣。

「那個誰，去把空調關了吧，風力太大，影響我擺陣。」

「好的，陣法布置完成，料理已經感應了上天的力量。」年輕人拿起麵，「接下來是第二步，占地利：粉碎麵餅，為它注入大地之力。」

「大地？」

「是的，大地。這麵，本身就是用極北人跡罕至之地生產的小麥做成，大地的生氣能給它注入原始的生命力，讓小麥復活。也就是人們常說的，接地氣。」

年輕人說著，把麵放到了地上，開始脫鞋。

「等等，你不是要用腳踩吧？」

「只有用全身的重量才能讓生命力充分滲透。」

「雖然隔著塑膠袋……但是你有沒有腳氣？」

年輕人的身體已經開始移動。他的雙腿在乾脆麵周圍上下翻飛。

我看著他的雙腿。他的每一個步伐都有固定的位置，我數了數，一共八個點。

「這是……九宮八卦步？」

他的動作越來越快，我已經看不清包裝袋的形狀。他的雙腿形成了一片朦朧的白影，像帝都的迷霧、像天邊的陣雲。

「兄弟，別踩了，都成末了。」

「粉末狀才是這道料理的最終形態，」年輕人停下腳步，「這是化有形為無形的過程。大音希聲，大象無形。天下萬物生於有，有生於無，無，才是最高境界。」

我已經驚呆了。

「好了。乾坤一元，陰陽相倚；天地相合，以降甘露。」年輕人拿起乾脆麵，「天時地利已備，三才之中，就差人和了。」

「那麼，接下來要做什麼？」

我已經徹底不知道乾脆麵怎麼吃了。我甚至都不認識乾脆麵了。

年輕人「哧啦」一聲撕開包裝，一股奇異的香味充滿整間屋子。那分明是藍天之上的臭氧層和大地深處泥土香味的混合體，讓人迷醉。

「這調味粉，」年輕人拿出調料包，「是由馬里亞納海溝最深處的海水提取的鹽和茂納羅亞火山口晾曬出的醬油配製而成。」

「而最關鍵的一味，是調料大王王守義親自開光的十三香，不僅滋味無窮，更暗合三才。」

年輕人說著撒下調味粉，我看到他的手中，流出一條璀璨浩淼的星河。

「三才彙聚，功成！」

乾脆麵袋中忽然射出一道金光。那光，強過三千瓦的大燈泡，掃蕩六合，映照八荒，上決浮雲，下絕地紀。那一瞬間，我看到了人類的誕生；看到了歲月的終結；看到了世界的每個角落；看到了地底那沸騰湧動的岩漿；看到了大氣之上嚴陣以待的三體艦隊。

「好了，請您品嘗這道空前絕後的料理。」

光芒漸漸減弱。

年輕人把乾脆麵遞到我手中。

我徹底傻了。

「怎……怎麼吃？」

「粉末狀的乾脆麵非常脆弱，任何餐具有可能破壞它絕妙的風味。用手。」

我把手伸進袋子裡捏起一撮乾脆麵。乾脆麵的粉末金黃，像24k純正氪金，比珍珠粉細膩，比絲綢順滑。在接觸到粉末的一瞬間，我彷彿感到有一千位波多野老師正用光滑的手指撫摸我的肌膚。我雙腿一軟，幾乎滑落到地面上。

「請您品嘗。」

我把粉末輕輕放入口中。

我永遠忘不了那個時刻：我的口中像被投下了一百顆原子彈，巨大的能量襲捲了我的口腔，我無法形容那是什麼樣的滋味。

我的腦海裡劈過一道閃電，颳起一陣龍捲風，接著浮現出藍天、浮現出大海、浮現出無數穿著旗袍的表演藝術家唱著京韻大鼓、評劇、黃梅戲。最終，他們都歸於一片黑暗，只有兩個紅色初號微軟雅黑體的大字深深印在我的腦海中：美味！

年輕人帶著一臉自信的微笑看著我。

「這絕妙的搭配，令人震驚的口味，還有你空前絕後的手藝，你……你究竟是誰？」

年輕人微微一笑，扯下了右臂上的 Hello kitty 毛巾。

「我就是，史上最年輕的特級廚師——小當家！」

這就是我，吃到最棒的乾脆麵經歷。

（完）

◇龍的食用方法？

文／空巢青年騎士團團牧

二月二之前野生龍都不顯形，想吃也捉不到。

春分那天野生龍要登天，龍一旦飛起來就不好抓了。

秋分之後雖然也能捉到龍，不過想想龍那性子，春分到秋分這之間牠天天都在幹麼……所以秋分之後的龍又瘦又腥，不好吃。

想吃到肥嫩好吃的野龍肉，一年裡也就二月二到春分這二十來天獵龍的機會。

獵龍的注意事項

我在獵龍團裡主要負責後勤工作，對怎麼獵龍知道的不多，給大家分享點聽來的經驗，獵龍行家不要笑話。

1. 獵龍的隊伍裡一定要有個靠譜的T，DPS要猛，醫療人員也很重要，這些大家都知道。要注意的是，萬一打不過要趕緊跑。

龍性極淫，萬一捉龍不成反被捉……那畫面太美，我不怎麼敢想。

2. 龍頭上有倆「博山」，又叫「尺木」，是龍起飛時用的，跟魚的魚鰾差不多。發現龍了，先把博山打下來，免得龍飛起來跑掉。

3.龍的種類繁多，不是每一種都能捉來吃的。

「青龍」是咱東方的四聖之首，是真龍，不是化龍。地位又高，背景又深，別說能不能捉到一隻，就算真捉到了，後果太嚴重，不值得。

「應龍」也別去惹。這傢伙有翅膀，戰鬥力還超強，蚩尤就是被條應龍打死的。獵龍團遇到應龍那是分分鐘團滅啊，一定要躲遠點。

頭上的角有很多分叉的龍，都是活了幾千年的老龍，肉太老，不好吃。

真正好吃的龍是那些化形沒多久的小龍，尤其是「虯龍」，肉質鮮嫩，肥瘦相宜，又好吃又好捉。

我們團在野外遇到「虯龍」都要高興死了。

我最羨慕那些在院子裡修「化龍池」的土豪獵龍團。肥肥的紅鯉魚往化龍池裡一扔，養兩天再撈就能撈出一條鮮嫩的小龍來，根本不用去捉，想想就美滋滋。

雖然聽他們說這種養殖的龍味道不如野生龍好，我還是很羨慕。

龍怎麼吃？

作為一名合格的後勤，對於獵龍我雖然知道得不多，怎麼吃我可是行家。

1.想要龍肉不腥，龍血一定要放乾淨。

當然啦，龍血也不能浪費。龍血豆腐味道還行，就是性太熱，不能給小孩子吃，久病初癒身子弱的人也不能多吃。

龍血粉絲湯味道美得很，要與老鴨肉同煮。

鴨肉性涼，可以中和一下龍血的燥熱。

對了，別忘了放點油豆腐。

2.龍身上最好吃的部分是「龍鬚」，整條都是滿滿的膠原蛋白，又鮮又嫩又滑。龍鬚的做法也多，龍鬚湯啊、龍鬚燉豆腐啊，我最愛吃蔥燒龍鬚段兒，一想那味道就流口水。

喔對，龍鬚尖尖那一小塊做龍鬚撈飯最好。

3.上面提到的那塊博山可別扔了，很筋道，味道像驢蹄筋。

4.龍角大補，不過主要還是藥用，也能做調味料提提鮮，留著偶爾切片泡水喝也行。

5.龍頰兒是兩塊純瘦肉，我一般都是拿來做醬龍肉，切一切做個冷盤。

6.龍舌也很美味，用老滷湯滷上三天三夜，再做成糟龍舌，那味道簡直了，美！

就是龍舌很不好處理，要先用開水焯很久，舌苔才能略略與龍舌分開。剝一條龍舌苔能把人累死。

重點強調：龍舌膽固醇含量很高，不要給有心血管疾病的家人吃！

7.龍身上有八十一片龍鱗，但是成年龍的龍鱗不能吃。

龍鱗都很漂亮，白龍鱗可以串出一條白裙子，可仙兒了。

紅龍鱗我們都是拿來做首飾的。

青龍鱗是奢侈品中的奢侈品，真的好漂亮。

龍鱗也可以磨粉做成化妝品，不過這個行業被某土豪獵龍團壟斷了，哼。

剛剛化形的小龍，鱗還沒有徹底角質化，可以吃，跟小龍皮一起做龍皮凍味道也很好。

8.龍背上雖然都是紅肉，但是口感有點柴，不是上品龍肉。量很大，一般都是拿來炒菜、包包子、包餃子之類的。

重點推薦龍肉芸豆餡兒包子，龍背肉切成小塊，跟切碎了的芸豆一起做包子餡兒，簡直是人間極品。

龍肉洋蔥餡兒的包子味道也可以。我們團的主食一般都是龍肉包子。

龍兩肋靠上部分的肉口感極好，煎龍排量大份足，團員們也都很喜歡。

龍兩肋靠腹部的龍肉叫做「龍腩肉」，肥瘦相間，很嫩，是龍肉中的極品，我們這些普通的團員很少能吃到。

龍腹部的肉脂肪含量高，適合留著冬天裡燉湯喝。

9.龍背脊可別扔了，不論是烤龍脊還是燉湯，味道都很好。裡面的龍脊髓大補呢。

10.龍爪一般都是做成泡椒龍爪，味道一般般吧，不如泡椒鳳爪。

11.龍掌是極品，一定要紅燒，火候要掌握好，這個是珍饈，我沒吃過。

12.龍尾吃法也多，燉豆腐或者紅燒都行。

13.我們團好多人偏愛龍下水，燒龍小腸啊、滷龍肚啊之類的。

重點要強調一下，龍肝有毒，毒性可厲害了。

我還沒學會怎麼給龍肝去毒，聽他們說去了毒的龍肝可好吃了。

我們這些普通人吃不到龍肝，都給那些大人物們吃了。

哼，也不怕毒死！

14.有化龍池的隊伍還常常會吃龍肉火鍋，得用剛撈出來的小龍才行，據說很嫩、很好吃。切片生吃也只能用這種化龍池裡的小龍。

好羨慕啊……

15.烤龍腰子一定要多放孜然。

我所知道龍的吃法就這麼多，不多說了，我們團的團員回來了，我去看看今天獵到龍了沒！

（完）

◇如果古代皇帝想嚐嚐月亮的味道怎麼辦？

文／Mandelbrot

為了避免欺君之罪，你當然要想辦法讓皇上嚐到真正月亮的味道。

首先，你自己必須知道烹調月亮需要哪些食材。

和地球一樣，月球分為月殼、月幔和月核。

月核很簡單，主要是鐵質。

內核是固態，而外核是液態。外核我們就忽略不計了，一來保溫不容易，二來皇上也未必嚥得下去，反正味道是一樣的。這種材料很好找，到鐵匠鋪拿兩塊就行了。

月幔的成分和地球上的玄武岩比較接近。裡面包含一些礦物晶體，如橄欖石和輝石。這些東西在地球上也不難找，火山附近應該很多。

月殼主要是斜長岩。這是一種很古老的岩石，在火山形成的變質岩中也可以找到。月海中也有，從月幔中的玄武岩湧出。

月球表面的灰塵主要成分是二氧化矽，還有少量的氧化鋁和氧化鐵等。找一些沙和鋁土礦就差不多了。

材料都有了，現在可以開工了。

烹飪方法：

1. 去鐵匠鋪把鐵塊打成半徑兩公分的球形。

2. 取玄武岩兩塊，磨成半球形，中間掏空，嵌入鐵球餡，再把兩個半球合起來。

3. 在玄武岩上打幾個小孔，嵌入橄欖石和輝石若干。

4. 取斜長岩兩塊，磨成半球形，中間掏空，把玄武岩球嵌進去。

5. 把沙和鋁土礦磨成粉，均勻撒在表面。

6. 在表面雕刻出環形山、月海等圖案。

最後，考驗皇上牙口的時候到了。

（完）

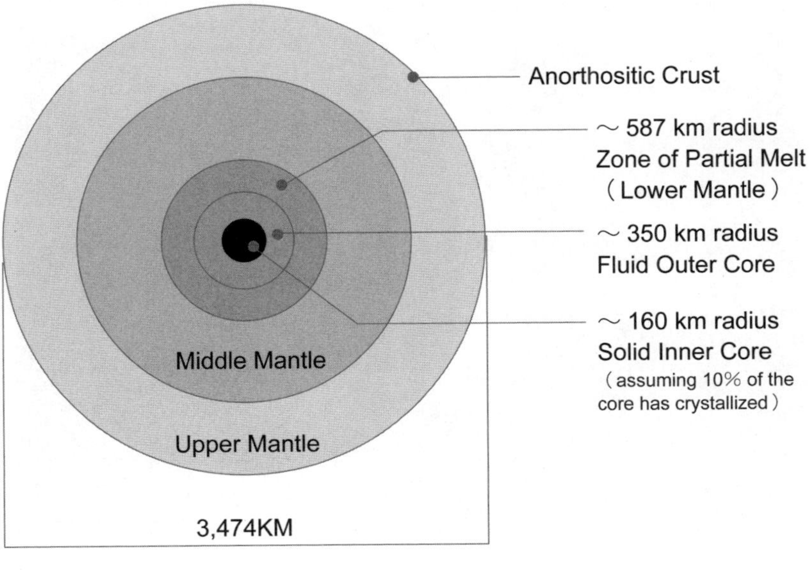

◇如果吃一小杓太陽會如何？

文／Mandelbrot

想不到兩天之內竟然收到十多個邀請，難道真的要讓我達成「吃遍宇宙」的成就嗎？

閒話少說，書歸正傳。話說太陽這東西在宇宙中並不是什麼稀罕物，普普通通的一顆G型主序星。但是，要吃一口原汁原味的太陽卻並不容易。

和大多數天體一樣，太陽也是分層的。從外到內依次是太陽大氣、對流層、輻射層和內核。密度依次增加，溫度也依次提高。

最外層的太陽大氣十分稀薄，「吃」這個詞用在這裡就有些勉強了。我們還是直接往深處挖，去吃太

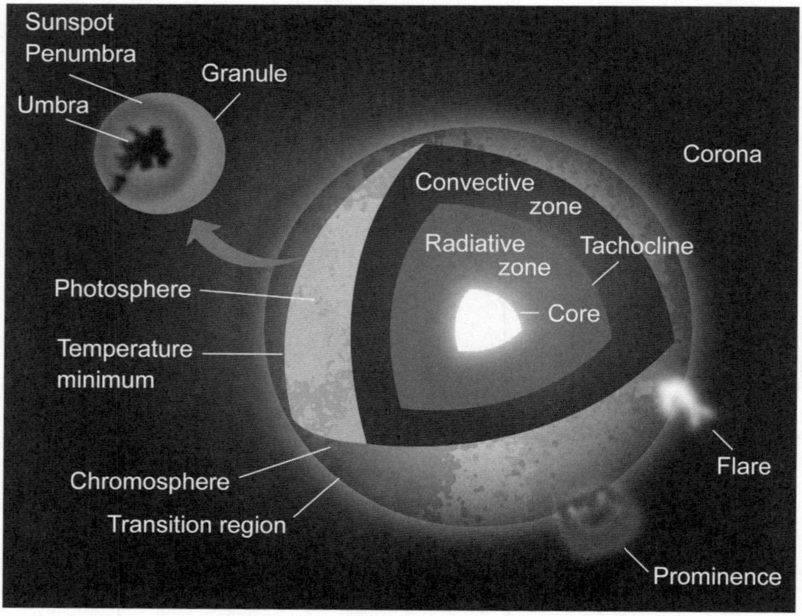

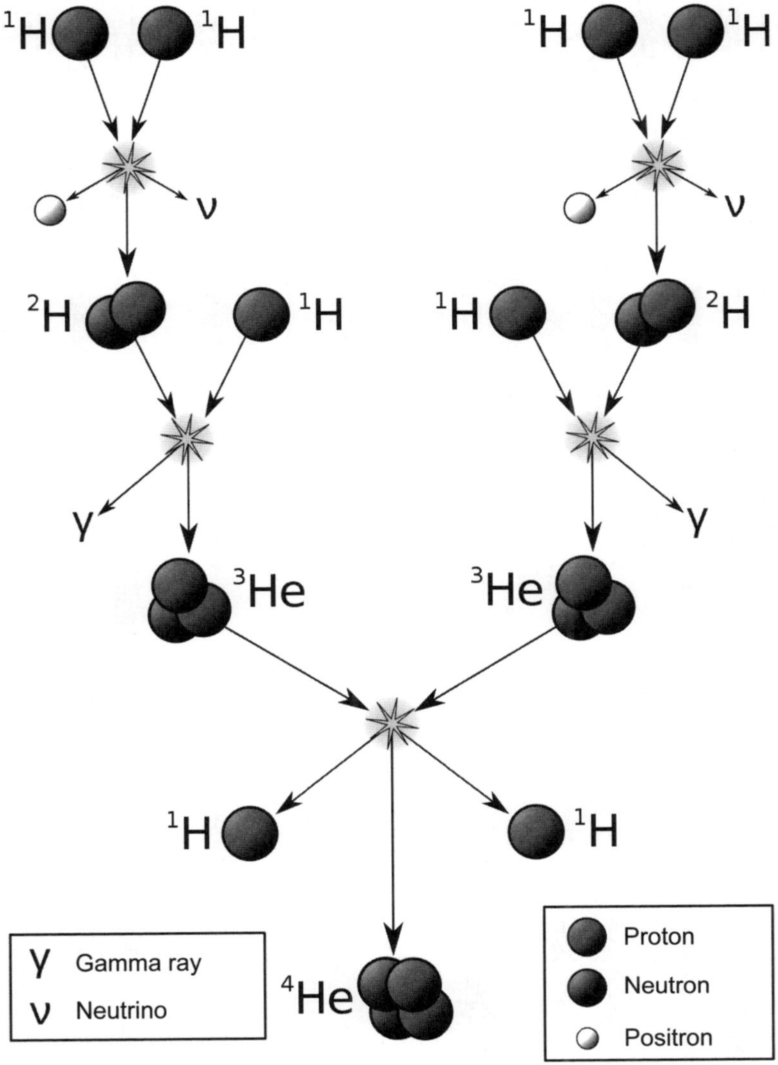
^{1}H
^{1}H
^{1}H
^{1}H
ν
ν
^{2}H
^{1}H
^{1}H
^{2}H
γ
γ
^{3}He
^{3}He
^{1}H
^{1}H
^{4}He
γ Gamma ray
ν Neutrino
Proton
Neutron
Positron

陽的內核吧。這裡的物質是高密度的氫和氦等離子體，密度是一百五十克立方公分，是水的一百五十倍，想必口感不錯。

要拿到一小塊太陽內核，首先要克服的困難就是高溫。內核的溫度高達一千五百萬K，沒有任何材料的杓子能承受這樣的溫度。事實上，人類能夠製造出來的材料中，能夠承受太陽表面溫度（六千K）的都沒有。

其次，內核的高密度是依靠極高的壓力維持的，即使你成功地舀出來一杓內核，它也會馬上膨脹爆炸，變成普普通通的氫氣和氦氣。

所以，我們只能假設你有一個來自外星文明的黑科技傳送門，能夠在一瞬間把一小塊太陽內核傳送到你面前。然後就是怎麼吃的問題了。

太陽內核不需要任何烹調，只需要簡單的口服。但是，這東西保鮮期很短。為了吃到新鮮的內核，你必須記住一個「快」字。

我們吃東西很大一部分的目的是為了獲得能量。從這個角度上來看，太陽內核營養很豐富。我們來看看它包含了哪些種類的營養成分。

太陽內核是太陽內部唯一進行核聚變的地方。在這裡，氫通過一種質子—質子鏈反應的過程聚變成氦，同時以伽瑪射線的形式釋放能量（見前頁）。另外，內核中發生的碳氮氧循環也會釋放出少量的伽瑪射線。

伽瑪射線是電磁波譜中頻率最高的部分。也許你覺得它超過了你的消化能力，說不定反而會讓你吃不了兜著走，為了嘗嘗鮮把命搭上就犯不上了。其實你大可不必擔心。太陽內核聚變產生的能量密度很低，每一個立方公尺的功率只有兩百七十五瓦，和一個冷血的爬行動物新陳代謝產生的熱量差不多。

假設你得到的太陽內核體積是一立方公分，那麼它釋放輻射能量的功率只有 0.275 毫瓦。而且，在離開太陽高溫高壓的環境以後，核聚變會很快停止，完全不會對你造成任何傷害。同時，你也許會考慮到它的高溫（一千五百萬K）會導致驚人的黑體輻射。假設這是一個邊長一公分的小立方體，根據斯特藩·玻爾茲曼定律，它的黑體能量輻射功率高達 2.23×10^{18} 瓦。按照這個數據，它能夠在零·一秒之內釋放出一個沙皇炸彈的能量。你同樣不需要太擔心這個問題。由於它體積太小，蘊含的能量不足以維持這麼大功率的輻射，所以它的黑體輻射功率會隨著溫度迅速降下去。在電光火石之間，它就能降低到環境溫度了。

我們再來看看這塊太陽內核包含的其他營養（能量）。前面我們提到過，它的溫度是一千五百萬K，而你的體溫只有三百K。兩者之間巨大的溫差構成了一個低熵系統，所以這塊內核會很欣然地把它的能量傳給你。那麼，這裡你會得到多少能量呢？

假設這塊物質是從太陽最中心取出來的，那麼它包含百分之三十三的氫、百分之六十五的氦，還有少量其他重元素。這種高溫高壓的等離子體的熱力學性質我不大清楚，不過把它當成理想氣體來處理我估計在數量級上不會有太大差別。基於這樣的假設，它在地球大氣層中會迅速膨脹（爆炸），釋放出大約 1.4×10^{10} 焦耳的能量，相當於 3.3 噸 TNT。

這塊太陽內核物質的質量只相當於你在食堂買的三兩飯，但是它蘊含的能量卻相當於幾噸炸藥，真是物超所值的營養美食。

「掌櫃的，不好了，剛才那位客官被炸死了。」

「……不是告訴你太陽內核不能賣給地球人嗎？趕快關門，先把桌椅擦乾淨再接著賣。」

（完）

◇如果吃一小杓黑洞會怎麼樣？

文／Mandelbrot

不出所料，大無畏的宇宙級吃貨又把魔爪伸向了宇宙中最奇特的天體——黑洞。然而，「吃一杓黑洞」這個願望卻沒有這麼容易實現。

下圖是一個最簡單的靜態黑洞結構。黑洞中心是一個體積無窮小的奇點，但是這個點攜帶著黑洞所有的質量，所以它的密度無窮大。

奇點周圍是被它的引力扭曲的時空，在距離奇點一定範圍內，物體只能有一個運動方向——向內，繼而向奇點墜落。甚至連光也無法逃逸。這個範圍的半徑就是黑洞的史瓦西半徑，而這個範圍的邊界就是黑洞的視界。

一般談到黑洞大小的時候，指的就是它的史瓦西半徑。

知道了黑洞的結構，現在該考慮從哪裡下嘴了。

奇點以外、視界以內的區域雖然也是黑洞的範

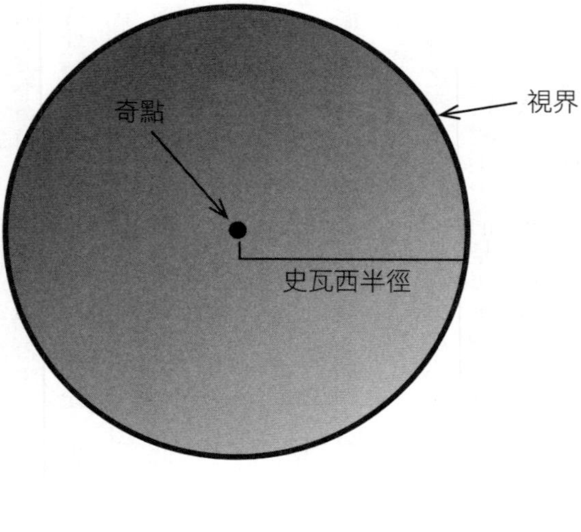

圍，但那只是扭曲的虛無。如果你在那裡咬上一口，恐怕就可以體會狗咬尿泡空歡喜的心情了。顯然，只有把奇點吃到嘴裡才算是真正吃到了黑洞。

問題是，自然產生的黑洞體積都不小，半徑起碼在幾公里以上。所以，要吃到奇點，你必須鑽到視界裡面去。然而，黑洞畢竟不是肉包子，能夠讓你從容不迫地鑽到裡面去吃餡兒。由於黑洞的強大引力場扭曲了時間，距離奇點越近，時間流速越慢。

當你進入視界之後，會發現黑洞外的宇宙的時間如閃電般迅速流逝。你還沒來得及碰到奇點，整個宇宙已經成為了歷史。當你最終出來時（當然，能不能出來是另一個問題），已經「再回頭是百年身」了。你不但會錯過即將上映的《魔獸世界》，連下一集《星際大戰》也趕不上了。

正當你猶豫不決的時候，一位好心的外星人決定助你一臂之力。它把一顆和地球一般大小的行星壓縮成了一個你可以一口吃掉的小型黑洞，並送到你面前。

這顆黑洞賣相十分不錯，只見那是半徑約九公分，滴溜溜的一個小球，四周圍繞著霞光萬道、瑞彩千條，其實那是被吸引過來的空氣分子在黑洞周邊激烈碰撞摩擦產生的各種電磁輻射。黑洞邊緣還帶有一圈光怪陸離的光暈，這是黑洞引力場扭曲光線導致的引力透鏡效果。這樣的寶貝，看一眼就讓人食欲大增。你迫不及待地想把它一口吞掉。

不巧的是，黑洞的想法和你一樣。對這個小型黑洞來說，你的個頭大了點，所以它決定把你改造成一個比較容易吃的形狀。

由於你身體的各個部分和黑洞奇點的距離不一樣，所以受到的引力大小也不一樣。這個引力差在你的身體上形成了一個張力。對於一個普通人（身高一百八十公分，體重七十公斤）來說，如果你距離黑洞兩公尺，在你身體中心處的張力大小是約 1.6×10^{15} 牛頓，接近聖母峰重量的一半。

你身體內的分子間作用力雖然試圖把你拉在一起，但是在這個巨大張力的作用下無異於螳臂當車。你會被拉成一根麵條，然後被黑洞吸進嘴裡。

一根麵條肯定填不飽肚子，黑洞打算再吃一頓大餐——地球。很快，黑洞掉進了地球內部，並且向地心靠近。黑洞和地球是相互吸引的，所以不能簡單地說黑洞向地心運動。實際上，黑洞和地球都向它們共同的質心運動。

然而，黑洞並不會很快把地球吃光。準確地說，它永遠不能把整個地球吞下去。這是由黑洞邊吃邊吐的惡劣吃相造成的。

黑洞的引力導致周圍的物質快速向奇點附近聚集，這些物質在黑洞外圍帶著巨大的動能互相碰撞摩擦，使得很多物質被重新拋出去。

在宇宙中的黑洞的扁平吸積盤上，有百分之四十左右的物質會被拋出去。同時產生的還有大量的輻射能量。在地球內部這樣物質稠密的環境中，物質從所有方向向黑洞運動，形成一個立體的球形吸積範圍（Bondi accretion），所以這種現象更加明顯。它導致的唯一結果就是讓地球爆炸，雖然地球和黑洞合併的引力比原來地球的引力大得多，但是很多碎片得到的速度也足以逃離它們的引力場，形成一個新的小行星帶。只有部分低速的碎片會圍繞黑洞旋轉。

最後，到口的食物不翼而飛，這個饑餓的黑洞十分鬱悶地看著這一切欲哭無淚。

（完）

◇早餐對歷史人物有何重要性？

文／閑相飲

早餐很重要嗎？啊？

春秋時代，齊頃公要打魯國和衛國，很凶，很猛。魯衛只好去拉晉國幫忙。雙方在鞌地擺開陣勢，準備死磕。

齊頃公搞戰前誓師，喊口號：「想不想吃早飯？幹死他們咱吃早飯！」

事實證明，早飯是個 flag，沒事兒不要瞎提，更不要瞎吃。喊話完畢，打起來。齊軍大敗，被晉軍攆得連滾帶爬，繞著華不注山跑了三圈。吃，吃個犢子！

吃早餐這事兒，晉平公也深有體會。一天，平公坐船在河上耍，媽呀，景色真美。

平公感慨：「風景多美啊，要是有賢士陪我一起看（還能給我打工）就好了。」

船夫表示：「因為你 HR 管理沒搞好，人才不來啊。」

平公哭窮：「我也愛人才啊，食客養了三千多，早飯都不夠吃，只好晚上去收租補貼。」

船夫說：「鴻鵠高飛沖天，靠的是翅上的飛羽，肚皮毛、脊背毛有毛用啊？」

平公沉默了。對喔，養這麼多人有屁用啊？少吃一頓也不會死。

時間一轉到了秦末，星星之火，正在燎原。

項羽剛打贏了鉅鹿之戰，「肥陽」高興。轉頭一看，劉三兒已經把咸陽打下來了，還堵了函谷關，這是要造反啊！

項王大怒，傳令下去，「明天一早大家就吃飯！吃飽了弄死劉邦！」

好好的，非要提早飯，後來鴻門宴的事，大家都知道了。話說回來，項羽何以能打贏鉅鹿之戰？——破！釜！沉！舟！鍋都砸了，還想吃早飯？吃個犢子！

再說這頭，劉邦驚聞項羽要弄死自己，一大早，飯都沒吃，帶了一百多人跑去跟項羽謝罪，幾經周旋，渡劫生還。後來靠著一幫開掛能人，一統天下。這其中，就有「戰必勝，攻必取」用兵如神的韓信。

韓信早年是個大混混，成天蹭吃蹭喝，招人煩。當時老愛去他們那南昌居委會的亭長家蹭飯，一蹭好幾個月。亭長太太煩死了，決定一早就吃飯，把早餐藏到被窩裡吃掉，不給韓小子留一點渣渣。

到了飯點兒，韓信來了，一看就明白了，扭頭就走。後來砥礪從戎，打下了大漢江山。試想，如果亭長太太每天投餵他培根煎蛋牛奶麵包、煎餅果子豆漿油條，哪會有後來的淮陰侯呢？

早餐體現性格，早餐決定命運！

唐代有種早點，叫蒸餅。白麵揉好，塞餡兒，葷油精肉，包好蒸熟，一掀籠屜，香飄十里！四品公務員張衡，任職武周政府，正在提拔任用關鍵階段，起床困難，沒吃早飯。好不容易熬到散朝，正趕上路邊攤兒蒸餅出鍋，熱騰騰，趕緊來一個，跨在馬上當街就下肚了。不巧給御史看見了，彈劾。

則天批示：忒丟人了，不許提拔了。你怎麼就管不住這張嘴呢？吃，吃個犢子！

等到安史之亂，這個殘酷的戰爭年代，早飯更帶來了無窮苦難。詩聖杜甫寫下了膾炙人口的《石壕吏》——

暮投石壕村，有吏夜捉人。壯丁捉光了，連老人家都不放過，捉去幹麼呢？急應河陽役，猶得備晨炊！為了去做早飯。

啊，萬惡的早飯！

來到中唐，韓愈出生了。這個小孤兒，跟著寡嫂長大，打小就愛學習。太學四年裡，沒錢，只能「朝齏暮鹽」，早上沒啥東西吃，就嚼點兒醃菜——終於文起八代之衰，成為一代文宗。

長期不吃早餐，造成了他獨（扭）特（曲）的詩風，怨懟鬱躁泄於筆端，寫了一些奇奇怪怪的東西，「精誠忽交通，百怪入我腸。刺手拔鯨牙，舉瓢酌天漿……」瞧這餓的。

韓愈對此的總結是：和平之音淡薄，歡愉之辭難工，吃飽了沒屁放。

對了，韓老師後來還把不吃早飯的創作經驗發揚光大了。收了十六、七個徒弟，為了砥礪引導他們，都不給早飯吃。學生們「雖晨炊不給，怡然不介意」，希望能複製老師的餓派神功。

到了五代，很行的後周世宗柴榮，看到大家辛苦上班，來不及吃早飯，很心痛，決定搞點福利，「文武百官，今後凡遇入閣日，宜賜廊飡」。來來，皇上請大家吃早點，都不要客氣。柴榮還要親自登上廣德殿西樓，看著大家吃。

這麼看了兩年，柴榮就死了。後來陳橋兵變，黃袍加身什麼的大家都知道了。

PS：皇帝請吃早餐的可怕制度一直存活到了明初，被朱元璋同志斃掉了。因為太特麼燒錢了。

有宋一代，前無古人、後無來者的老饕——蘇軾橫空出世。前半生順風順水，青雲直上，直到烏臺詩案，一路屈辱狼狽，被貶黃州。命保住了，到了黃州就開始琢磨吃，最終搗鼓出了東坡肉。你們萬萬想不到，他是怎麼吃的。

「早晨起來打兩碗，飽得自家君莫管。」

早上起來打兩碗！

早上起來！

兩碗！

一大早兩碗豬肉下肚當早飯！不貶你貶誰？

也許是早飯的魔影，在冥冥之中散播了噩運。蘇胖的好盆友，章惇同志，他黑化了。來黃州時，兩人友情的小船還好好的。幾碗豬肉下去，說翻就翻。章惇展開了瘋狂的迫害，把緩過勁兒的蘇軾一路貶去了海南島。一個 Gay Genius，流落天涯。

早飯兩碗豬肉，真是太可怕了。

啊，好餓啊，為什麼要提到東坡肉？

好餓啊！好想吃早飯啊！好想偷偷去吃碗小麵、吃碗餛飩，再不濟吃個肉夾饃也好啊！

啊，早飯！

（完）

第四篇

奇幻典故大揭密

◇宅男眼裡的小紅帽是什麼樣的故事？——

文／兩色風景

從前有一名蘿莉，名叫小紅帽。

帽子一向被譽為蘿莉的賣萌大殺器。比如《水星領航員》，比如《出包王女》，又比如把烏賊屁股頂在腦袋上的「烏賊娘」……總之各有各的萌點。顯然小紅帽早在多年前便領悟到這一賣萌奧義，因此早早就走在了萌潮的前端。

之所以說帽子是蘿莉的大殺器，與帽子戴在臭男人頭上時所呈現的醜惡也有一定的關係。總之臭男人乖乖戴綠帽和假髮就好了，帽子這種增添萌感的裝備還是交給妹子去刷吧。

自然界還有什麼生物愛戴紅帽子？對了，丹頂鶴，所謂鶴立雞群。蘿莉加帽子，後果就是萌得方圓百里遠近皆知。

於是話題終於可以拉回正軌——既然遠近皆知了，住在森林裡的大灰狼當然也不例外。

這是一隻經過了擬人處理的雄性大灰狼，所以他難免具備一些人類的特點。就好比義大利被擬人成「意呆利」之後，風土人情就全都有了人性化的解讀。我們的大灰狼同志，是的，他必須是個蘿莉控，因為那是身而為人、尤其是男人的自覺。

古語有云：當宅不控萌與腐，不如回家自己擼。

大灰狼當然不願意自己擼。所以他終於鼓起了勇氣，對心愛的小紅帽採取了尾隨行動。

雖然童話原著裡對此並沒有更清晰的描述，但我們完全可以用腦補的方式分析他當時的心路歷程。

「喔喔喔真不愧是蘿莉，胸好平喔！」

「嗷嗷嗷個頭還木有我的腿長，真是蘿莉的最佳尺寸！」

「嘻嘻嘻她那不知世界險惡的樣子好萌喔！就讓叔叔來教會她一切吧！」

於是大灰狼開始搭訕小紅帽，他儘量讓自己顯得很有紳士風度，甚至在開口前裝模作樣地咳嗽了兩聲，「啊，對不起請問男廁所怎麼走？」

不，不對。怎可能是這樣的開場白？面對錯愕的小紅帽，大灰狼連忙捂住了嘴。

「妳要去哪裡？」這次說對了。

小紅帽舉了舉手中的籃子，「奶奶生病了，我要去看望她。」

「喔，這籃子裡裝著的一定是新鮮出爐的麵包吧？」

「不是的。是新鮮出爐的《盜墓筆記》腐向同人本。奶奶最愛了。」

……儘管深刻地覺得有哪裡不對，但大灰狼與小紅帽的對話還是繼續進行了下去。

「看來妳有一位非常出色的奶奶啊。她必然不像《櫻桃小丸子》的奶奶那麼沒有存在感，至少也是《海賊王》裡的可可羅婆婆那麼令人驚豔的存在吧。」

「嗯，許多時候我都覺得奶奶好年輕，就彷彿《火影忍者》裡的綱手婆婆一樣呢！事實上她的胸圍也跟綱手婆婆不相上下喔！」

這一番懇談的結果是大灰狼驟然覺得奶奶也萌得不行。尤其是小紅帽提到了「胸」這個凶殘的字眼，更是令他神為之奪。

大灰狼是小說改漫畫再改日劇的作品《孤獨的美食家》的忠實觀眾，他非常推崇男主角點菜時的一句名言：「難以抉擇的時候，就兩個都要吧！」

於是大灰狼決定去見見小紅帽的奶奶。他甚至在心裡擅自把她命名為老紅帽。

原著故事在這裡出現了一個令人難以理解的 bug：大灰狼知道了小紅帽的目的後，誘騙她去採花，自己繞到奶奶家裡把奶奶吃了，然後扮成奶奶等待小紅帽上門。

「奶奶妳的嘴巴怎麼這麼大啊？」

「是為了一口吃掉妳啊！」

……然後他就把小紅帽也吃了。

問題是，他為毛不一開始就吃掉小紅帽而要如此迂迴啊？

驚天謎底在本欄目得到了揭曉——因為這是一隻熱愛 cosplay 的狼！可是他的體格太大，難以 cos 成小紅帽，於是他就把矛頭指向了老紅帽。

大灰狼敲開老紅帽的家門時並沒有花什麼力氣。他只是隔著門大喊了一聲：「瓶邪王道！」「必須王道！」熱愛《盜墓筆記》腐向同人本的老紅帽興高采烈地開門見同好，然後就被大灰狼囫圇個兒吞掉了。

大灰狼邊打嗝邊找出老紅帽的衣服穿上，然後躺在了她的床上。不一會兒，被他事先支開了的小紅帽上門來了。

「奶奶妳的眼睛怎麼這麼大啊？」小紅帽背誦臺詞。

「是為了牢牢盯緊世間男子的基情。」

「奶奶妳的毛怎麼這麼多啊？」

「因為毛的發音類似 Moe。這說明妳奶奶我越來越 Moe 了。」

「那奶奶妳的嘴巴怎麼也這麼大啊？」

「那當然是為了讓自己更好地食萌而生啊！」

話說到這裡，大灰狼猶如《白兔糖》的男主般，再也無法壓抑住自己對蘿莉的渴望，他終於張開了血盆大口，將愚昧無知的小紅帽吞下肚子……

原著裡並未提及小紅帽被吞下去的遭遇，嚇壞了不少為小紅帽擔心的孩子，所以這裡有必要揭曉一下其中的內幕。

小紅帽被吞下去之後就遇見了老紅帽。

「啊，奶奶！」小紅帽激動極了，「原來您一早就被吞了！」

「是的。剛才都是大灰狼在冒充我說話！」奶奶控訴。

「話說他學得真像，什麼牢牢盯緊世間男子的基情之類。」

「喔，那句倒的確是我說的。」

……這麼一處理，你們看，緊張的氣氛瞬間就蕩然無存了。

大灰狼當然是不知道腹中情況的。他只是沉浸在一種感動中。短短時間內，他的後宮成員就多達兩位，大灰狼簡直太滿足了。相信假以時日，他定能超越阿良良木那渣。到時候他打算給自己改個藝名，就叫阿狼狼木。

阿狼狼木所犯下的錯誤是在犯罪現場滯留了太久，結果等來了獵人。需知萬千讀者在等待了太久之後都能奇蹟般等來富樫義博的《獵人》連載再開呢。阿狼狼木真是太掉以輕心了。

話說回來，最近《獵人》又休刊了。真不愧是富樫啊。

後面的劇情是殘酷的。獵人拿剪刀剪開了阿狼狼木的肚皮，救出了老紅帽和小紅帽……真的，太血腥了！簡直像《Another》裡那位被傘尖爆頭的班長一樣慘不忍睹，於是有必要進行一番藝術的馬賽克處理——

阿狼狼木正酣睡著，忽然覺得身上一沉。

是錯覺嗎？但，那近在咫尺的呼吸，是怎麼回事？

他微微張開了眼睛，看見了他。強健的肌肉，滿面的虯髯，因為緊張或其他原因而起伏不定的胸肌，還有，噴薄的荷爾蒙熱氣。

阿狼狼木幾乎有些迷醉了，彷彿身在夢中。直至，身體傳來清晰的疼痛感。

是他幹的？阿狼狼木不禁呻吟，他怎麼也沒想到，初次見面的男人，竟會帶給他一生最初也是最後的痛……

嗯，這樣打碼之後，感覺就健康多了。

總而言之，結局是圓滿的。大灰狼得到了應有的懲罰，而獵人順理成章地接收了他的後宮，從此與老紅帽及小紅帽過上有時三次有時兩次的幸福生活。

本期的故事新解到此也該結束了。每一則童話到了最後，總該有些富含寓意的點睛之筆。

大灰狼的下場告訴我們，身為一個宅，絕對不能夠三心二意。

喜歡老紅帽那樣的御姐，喜歡小紅帽那樣的蘿莉，甚至是喜歡獵人那樣精壯的男子，都是身而為宅的自由。但是魚與熊掌不可兼得，要知道就算是極盡ＹＹ的後宮片，男主也必然有且只有唯一的一個真命天女。

而大灰狼，他身為一個宅，居然同時擁有兩個妹子！還有比這更該死的傢伙嗎！

（完）

◇當穿越成三國裡的路人甲會怎樣？——

文／何鍾隱

1

大家好，我叫顏大頭。萬萬沒想到，我得到了月光寶盒，穿越到三國時代，成為一名路人甲，即將升任總經理，出任CEO，迎娶白富美，走上人生巔峰！想想還是有點激動的。

好吧，我承認「路人甲」後面的情況是想像出來的。

我記得那天，剛來到這裡時——

「嘿，兄弟，別傻愣著，趕緊跟上，別掉隊了！」一聲粗獷的叫喊傳到我耳朵裡。

我看了看那人，發現他正直勾勾地盯著我。這人裝束好怪，一身鎧甲，手執矛戈，應該是拍戲來著。

我說道：「哥們兒，在跟我說話？」

「不是跟你說話跟誰說話呢？趕緊走，一會兒將軍看到咱們掉隊，準吃不了兜著走！」

「將軍？什麼將軍？在玩三國殺嗎？」

「再不走將軍真要殺了你！」那人拽著我往前走。

「可以啊，小子，你塊頭挺大，老兄我都快拉不動你了。嗯，是個打仗的料！」那人邊走邊說道。

「老兄，這裡是哪裡啊？拍戲的橫店嗎？」

「拍什麼戲！這裡是袁公的大本營冀州，軍隊正在轉移，跟上點，別亂說話，小心百夫長聽到罰你！」

那人說完便往前走，任我詢問也不再搭話。走出山頭，就但見遠處旌旗飄飄，旌旗上「袁」字隨風起舞。士兵如潮，一列人馬呈蛇形，逶迤前行，好不氣派！

就這樣，糊裡糊塗穿越到三國，我成為了袁紹軍中一名士兵甲。明白此事之後，就我掌握不多的歷史知識來說，袁紹最終在官渡敗於曹操，雖然此時袁紹士氣正盛，終究不是個好去處。我決定去投靠曹操。

我將這件事情告訴周老哥，約他一起走。

我說：「周老哥，我是從現代穿越來的，聽我的沒錯，三國裡最強的就是曹操，袁紹不久必敗！」

周老哥聽到此言臉色大變，趕緊捂住我的嘴巴，「兄弟你不要命啦！亂說話是要殺頭的！」

我說：「殺頭又如何？待在這裡指不定明天就被敵軍殺了！」

周老哥微微一笑，一副老成持重的樣子：「兄弟，你還是太年輕啊。」

「怎麼說？請老兄指教！」

周老哥說道：「咱們這些小兵，就是路人甲、路人乙，對於戰局又有什麼力量掌控？真正掌控的是那些大人物。你說袁公必敗，曹操必勝，又跟咱們有多大關係？咱們的命又不是勝敗所能決定的，管他是袁公勝還是曹操勝，能領軍餉就行，趕明兒死在戰場上，家小兒還能領點撫恤金。」

周老哥的話宛如醍醐灌頂，又滿腔惆悵。我只是一個士兵甲，不管在哪裡，或許都沒有多大意義。

那天，袁公軍營正在修整練兵，我偷個空兒四處走走。前面是天字營的士兵正在比賽射箭，這大概是我第一次看古人射箭，抱著好奇的心情擠開人群，還好我個頭大，不一會兒便擠到了前面。

他們好厲害！百步之外，正中靶子，雖然偏離紅心，但也是我見過最牛的箭手了。士兵中采聲如潮，大家爭相挑戰。

「大頭，你也去試試唄！」

忽然被人在耳邊這麼一說，我吃了一驚，轉頭一看，正是周老哥。

我說：「不行，我不會射箭！」

周老哥微微一笑，不再言語，轉頭看比賽。但見剛才正中靶子的那個兵士正在耀武揚威地叫囂，問是否還有人前來挑戰。正在這時，身子忽然被人一推，差點撞上場地中央那人，士兵一下子安靜下來。

那人扭頭看向我，但見他身材魁梧，虬髯亂髮，好不凶惡！那人道：「你要來跟我比箭？」

我趕緊擺手道：「不不不，我是被人……」

那人道：「既然如此，請露幾手吧！」說著大手一擺，就把弓箭一併交到我手上，豹眼一轉，不再看我。

圍觀的士兵一起起鬨，人群再次熱鬧起來，我顫巍巍地拿著弓箭，朝周老哥望上一眼。只見周老哥面含笑意，裝傻般地看著我。

我心道：尼瑪，這次栽了，周老哥害我不淺！

就在我內心彷徨不定時，士兵開始催促，倒彩之聲不絕於耳。再看那人，怒目圓睜，我顯然無法推辭，心道：胡亂射一箭，丟人總比丟命好！

我開始拉弓，還別說，沒想到我臂力挺大。原來穿越到這裡，身子早已不像原先那樣瘦小柔弱。再不猶豫，彎弓搭箭，憑著意識，「嗖」的一聲，羽箭應聲飛出，再一望，百步之外，正中靶心！

我天！竟然不但射中了靶子，還正中靶心，這是做夢嗎？

那人臉色大變，彷彿不敢相信事情竟會這樣。說實話我也不信。

半晌，剛才安靜的士兵忽而大嘩，熱烈的喝彩聲和掌聲呼嘯而來。

那人大怒，擲掉弓箭，大步離開。

圍觀的士兵將我團團圍住，詢問我是如何射出那一箭。

我腦袋昏昏沉沉的，竟對叫喊聲充耳不聞。還是周老哥上前和我說話我才反應過來。

周老哥說：「兄長，恭喜你啊！剛才那人是百夫長，你贏了百夫長，前途無量，老弟以後可要靠你啦！」

我忙道：「兄長說哪裡話……」

周老哥忙道：「這『兄長』二字便再也不敢當了，叫我老周吧。」

就這樣，我糊裡糊塗地贏了百夫長，然後又被升為百夫長。

2

是夜，月光如水，霧靄似紗。

我剛要脫掉戰甲就寢，帳外忽而聲音大作——

「快保護主公！敵軍來偷襲啦！」

原來是敵軍偷襲，哼！聽到這裡我立刻整束戰甲，提槍而出，準備迎戰。

說到這，讀者不要以為我裝逼。其時，我在三國待的時間頗長了，並且也已經發現自己體質異於常人，身負武功。雖然此刻仍然是路人甲一類的兵士，卻早已不再畏懼。

帳外火光大作，敵將正往主公處趕。我提槍跟了過去，但見主公營帳火光沖天，顯然被敵軍暗算。營帳內衝出一匹白馬，一人在士兵的護衛下搶出，正是主公袁紹。

敵將中一人頗為勇猛，左衝右突，砍殺無數，眼看就要奔主公而去。我一看再不猶疑，左砍右殺，已與那人交上了手。

彼時那人已將袁公逼得甚狠，袁公身邊的大將擋者披靡。

我提槍而上，主公正好逃出生天。我與那人大戰十個回合，不相上下。

那人道：「閣下是誰？好生勇猛！」

我言道：「打架就打架！問什麼名字？爺爺不稀罕告訴你！」

那人道：「黃口小兒，膽敢狂言，看槍！」說著挺槍刺來。

我與那人大戰百餘回合，那人漸漸落於下風。反觀我，卻是越戰越勇。說實話，自從我穿越到這裡，從「一箭成名」到現在，我才發現我體內竟然蘊有如此驚人的力量！

難道我不是路人甲？我將會上演一場屌絲逆襲的大戲，攪弄三國？可是歷史上並沒有顏大頭這個名字啊？若是我是個很牛逼的人物，也不該默默無聞啊？

當真是剪不斷理還亂，愁緒爬上心頭。作戰之時我竟然在想這個問題，當真是牛得可以了。

哇！我真他媽牛逼！

再戰百餘合，那人敗走，敵軍也撤退了。這一場戰役，我拯救了主公袁紹，揚名不在話下，升官也是遲早的事情。

先說一件事，根據我看過的那麼多ＹＹ小說和歷史穿越劇，我的這些經歷太他媽瑪麗蘇了！且分析劇情：敵軍偷襲——主公遇難——我前去搭救——與敵將大戰三百回合而勝——扭轉戰局於頹勢，生生的一個救世主嘛！

所以，我懷疑，這是有人操縱的一場戲！而我，就是一顆棋子。不過，此處暫且擱下，且說敵軍退去之後——

袁紹看我英勇無敵，卻竟是一無名之輩，大為歡喜，當下召見我。

袁紹帳中，袁公高坐營帳正中，且看那袁公——中等身材，面如冠玉、龍眉細目，鼻似玉柱、口賽丹朱，大耳有輪；獅子盔麒麟甲，披著大紅的斗篷，臂長過膝，真乃一代大將風範！當下我竟看得癡了。

袁公道：「將軍勇猛無雙，真乃天人！前不相識，不知將軍哪裡人氏？」

我忙道：「蒙主公下問，小人河北人氏，賤名顏大頭。」

「顏大頭？」那袁公聽後口中咀嚼幾下，似是在腦中搜尋一番，又道：「本帥見識淺薄，竟未聽過將軍大名，慚愧慚愧。」

我忙道：「小人初來乍到，人事不識，主公不識得也是對的。」

袁公道：「年紀輕輕，武藝高強卻不輕狂，難得難得。這樣吧，本帥封你為上將軍，以後就留在我身邊吧！」

我這一驚可不小，雖然知道自己此次立功會受封賞，卻未想到竟然被袁紹封為上將，當下竟呆了。

旁邊的將軍咳嗽幾聲，我趕緊下拜，「謝主公！在下定當不辱使命，保護主公周全！」

袁公道：「既然是上將，『顏大頭』有『冤大頭』之諧意，頗不雅，因此『大頭』之名便不好再用。這樣吧，本帥賜你一名。將軍英勇無雙，良將無匹，那就叫『顏良』吧！」說完哈哈大笑。

聽到此處我虎軀一震，便知不好——

我忙道：「主公抬愛本不敢辭，可這『顏良』二字，小人實在愧不敢當……」

那袁公忙道：「將軍武藝絕倫，力戰徐晃，這『良』之一字，將軍不敢當，誰人敢當啊？」

「主公，我……」

袁公道：「顏將軍力戰敵軍，想是勞累了，這就回營休息去吧！」

我怏怏而退。

我心道：顏良？顏良！我穿越到三國的身分竟然是顏良！我尼瑪！坑爹啊！

萬萬沒想到，我得到了月光寶盒，穿越到三國時代，成為一名路人甲，即將升任總經理，出任 CEO，迎娶白富美，走上人生巔峰！想想還是有點激動的——可尼瑪我竟然是顏良！這樣的話，我出任 CEO 的夢想如何實現？

要知道，那顏良看似名氣大、武藝高，實則是三國裡的龍套，完完全全的一個路人甲，完全是襯托關雲長勇猛無敵裡所有的龍套和炮灰裡的一個！對，除了顏良還有一個，文醜！

我尼瑪，我難兄難弟文醜呢？

黑啊！

「嘿，顏兄，」朝我說話的那人正是剛才袁公身旁的大將，他接著道：「沒想到你也是河北人氏，在下文醜，河北人氏，以後一起侍奉主公，要多多指教啊！」

那人面如黑炭，聲若洪鐘。我的心涼了半截：完了！這文醜一看臉就知道是炮灰，真尼瑪黑啊！

花了近月，我才漸漸認清這個事實，想好了來龍去脈。

既來之則安之，既然註定是炮灰，不如搏他一搏。趁著我還活著，並未見到關雲長，臨死之際攪弄一番風雲，又有何不可？

想到這我忽然心安了。以前讀《三國》時讀到關羽斬顏良一段，頗為氣惱，為顏良感到不公。關公憑藉赤兔馬的速度和青龍偃月刀的威力，不通報姓名，以迅雷不及掩耳之勢斬殺了顏良。顏良至死都不明白是怎麼死的，真是可悲可嘆！

悲的是那顏良本勇猛無雙，戰鬥力猶在三國名將徐晃、張遼之輩之上，卻一戰即死，成為名副其實的炮灰和襯托關羽的路人甲；嘆的是時機難得，機遇倏忽而逝，顏良一失足成千古恨，再回頭已是千年以後。

3

之後，憑藉顏良之勇武，我奮勇殺敵，立功無數，揚名於軍中。但我隱隱覺得，一場事關我性命的大戰正在悄然拉開序幕，躲也躲不掉。

是夜，月光穿過半開的營帳照在榻上。榻上臥著一人，正是入睡中的我。

忽然眼前一亮，我猛然醒來。目光到處，一人面向我，但見那人——白髮蒼蒼，白鬚委地，手舉拂塵，白色的道袍似月光織成一般透亮。

我猛然一驚，起身拿起佩刀，道：「你是何人？深夜闖入營帳，好不大膽！」

那老者道：「將軍稍安，老朽乃茅山一散仙，遊弋到此，特來相晤。」

我哈哈大笑：「散仙？別跟老子來虛的！實話告訴你，老子是從新時代來的，信的是科學，管你什麼仙人道人，快快離開！若是晚了，本將軍就是一刀！」

那老者也不畏懼，笑道：「將軍不信，老朽也是無法。不過，老朽有一言要告知將軍，此事說完，立即便行。」

我說道：「既然如此，快快說來，別囉哩囉嗦！」

那老者道：「將軍豈不知自己大限將到？」

我怒道：「什麼大限？胡言亂語，本將軍決不饒你！」

那老者道：「白馬之戰，將軍將被關公斬殺於馬下，難道不自知嗎？」

我聳然動容，道：「妖道休得胡言，本將軍英雄蓋世，又豈會被什麼關公斬殺於馬下？」

那老者笑道：「將軍英雄蓋世，竟會自欺欺人，豈不可笑？」

我怒道：「此事無關於閣下，閣下速速離開吧！」

那老者道：「老朽要告訴將軍，將軍來自二十一世紀，本是必然，這是諸神的安排，也是將軍命該如此。既然如此，將軍理應老老實實赴死即可，逞強好勝，揚名三國，是你不該做的，所以……」

我大怒：「本將軍的事，愛怎麼做便怎麼做，你可管得了？」

那老者哈哈大笑，笑聲中帶有森寒之意，在黑夜顯得更加詭異：「將軍還是太天真了，即使將軍如今揚名四海，逆天而行，終究逃不脫白馬之戰，逃不過關公那一刀，你聲名越高，關公所得便越多，何苦呢？」

那老者說完笑聲仍不止，接著身影一閃，已飄然遠去。

我大慟，便要追出。忽然身子猛然坐起，望向窗外，天空已泛出魚肚白，旭日在鱗雲下蠢蠢欲動。竟然是一個夢！

4

白馬之戰。

這命中註定的一戰還是到來了。意料之中，袁公派我為先鋒，進攻白馬。

剛才，我已經斬殺宋憲、魏續這曹操的兩員大將，曹軍士氣大損。我軍旌旗飄揚，虎虎生威，大有一鼓作氣之勢。只有我知道：那最厲害的人，還未上場。

那個人就是關羽，我的天敵，我將會死在他的刀下。

看著身後的將士，遠處的曹軍，我內心如潮水翻滾，一個念頭漸漸堅定下來：只要我不問敵將姓名，直接上去掩殺，說不定可以逃得一死。

想到這我把心一橫！管他什麼關公關羽，我且一戰，就算是死，也不能死得不明不白——即使是命運安排，我也要闖它一闖！

士兵中發出了一浪又一浪的吶喊聲，似又有敵將出馬——來了，我看到了，那人長鬚及膝，胯下白馬渾身似火炭，追風似地趕來，不是赤兔馬又是何物？那人提青龍偃月刀，不是關羽又是何人？

哼！關羽，你還是來了。既然逃不掉、躲不開，那就讓我這個龍套跟你這個主角碰上一碰，看看是你厲害，還是我高明？

當下計議已定，心下稍寬，靜靜等待著關羽到來。

再看那關羽其人，美髯及膝，在風中飄飛若綢緞，手提一柄青龍偃月刀，刀刃森寒似秋水一般，胯下赤兔馬奔騰若飛，馬蹄滾滾，塵土紛飛，當真若天神下凡。

正在此時，我舉刀欲迎上去，忽然腦海中閃現兩道聲音——

一個聲音道：「來人好生勇猛，按照規矩，將軍理應問那來將姓名！」

另一聲音道：「休得胡言！來人正是關羽，將軍的剋星，將軍理應全力制敵，稍有不慎便會殞命！」

那聲音又道：「兩軍交戰，通名本是規矩，將軍威名赫赫，可不能壞了規矩！」

另一聲音又道：「將軍明鑑，這人定是要來害你的，和那白鬚老者同夥兒，將軍切不可聽他胡言！」

兩個聲音此起彼伏，在我腦海中鬥爭，異常激烈。

再看那關羽，以迅雷不及掩耳之勢奔到身前，我當下不再猶豫，舉刀欲砍，手起刀落，頭顱應聲而飛，鮮血狂噴，士兵喝采聲如潮……

那關羽喝道：「顏良已死，爾等速速投降！」說著掩殺一陣，如入無人之境。

5

我竟然死了！遊魂在戰場上空飄蕩。

但見戰場屍橫遍野，哀嚎不止，敵軍殺得我軍節節後退，再看那顏良肉身，已身首異處，頭顱綁在赤兔馬上。此情此景，我不禁悲從中來。

我究竟是如何死的？難道我真的抵擋不住關羽那一刀？

不是的！我清晰地記得，當我舉起刀掩殺的一剎那，手臂不聽使喚，嘴裡卻不自覺要問敵將姓名，結果關羽手起刀落，我的頭顱應聲而落。

難道這便是命運註定嗎？無論我如何逃避，都躲不開那一刀？就算我已知道陷阱，還是不自覺往裡跳？

那白鬚老者又出現了，和我一樣，在這戰場上空飄蕩。

那老者道：「將軍如今可明白了？」

我說道：「明白了。這是你們的安排，無論我如何反抗，最後的一剎那都免不了一刀。」

那老者道：「將軍明白自是再好不過……」

我怒道：「不過你們也別得意，哼！」

那老者道：「如何？將軍難道還能起死回生，再去攪弄風雲嗎？」

我笑道：「你別忘了，老子是有月光寶盒的人！」

那老者駭然道：「月光寶盒？那是什麼東西？老朽以前可從來沒聽說過。」

我說道：「那就讓你長長見識！」

「般若波羅密……密密密……」

剎那間風雲變色，一聲響雷照頭頂劈來，一道強光倏忽而至，刺得人睜不開眼睛……

再次睜開眼睛時，我已經落到了戰馬上，身後士兵如潮，喝采之聲不絕於耳，原來我剛剛斬了魏續……

哼，既然又給了我一次機會，那就再來！

再看那關羽騎赤兔馬飛奔而來，我腦海中兩種聲音又開始交戰，我不禁想起那白髮老者，知道定然是他們搞的鬼，當下不再猶疑，將一切聲音拋於腦後，只留下一個念頭——

一定要擋住那致命一刀！

但見關羽一刀劈來，勢若龍虎，攜萬鈞之勢，虎虎生風，當真不可小覷。

我手握刀柄，舉起刀刃，朝著那一刀劈來的方向，鼓起丹田之氣，閉著眼睛硬接了這一刀。是生是死，全在這一刀了。

猛覺臂上一股大力傳來，握著刀柄的虎口已被震裂，隱隱滲出血來，再用力一抵，勉強扛住那雷霆一刀！

我天！第一刀！老子沒死啊！

若不是在戰場上，老子指定要跳一段探戈舞！

那關羽喝道：「好俊的刀功！」

我只道他要通報姓名，老毛病又犯了。當下立馬收刀，問道：「閣下可是關……」話未出口，關羽手起刀落，我立時斃命於赤兔馬下。

我擦！根本不講規矩啊！

6

實在對不住各位，我不爭氣，又他媽死了！

不過，你們別忘了，老子是有月光寶盒的人！

當下那白鬚老者出現，道：「將軍如此作為，必將遭受諸神唾棄，很快就會受到天譴！」

我手起刀落，那老者頭顱應聲而飛。

「天譴個屁！老子穿越一趟不容易，結果死了兩次，老子不甘心！」

「般若波羅密……密密密……」

老子又穿越到戰場之上，彼時我已經硬接了關羽那致命一刀。

此時腦海中再次響起聲音：「將軍，趕緊問敵將姓名啊！」

「問個屁！還在騙老子！老子不再受你們擺布啦！誰說路人甲就不能攪弄風雲？誰說龍套就不能演主角？諸神，你們就好好看看吧！」

卻說那關羽一刀不成功，便要提刀再上。我不敢猶疑，當下再硬接一刀，拚著被劈死的風險也要躲過危險。

再說那關羽第二刀又來，我接了下來。雖然威力依然駭人，我卻隱隱感覺到已不似第一刀那麼霸道。再來第三刀，更加不如第二刀。

卻再砍第四刀，已是稀鬆平常，我輕鬆地接下。

哈哈！原來那關羽無敵於天下全靠那先聲奪人的前三刀。三刀過去，威力立減。可是想想，能夠接下關羽那出其不意的三刀談何容易啊？老子可是栽過兩次的！

我與那關羽力戰百餘回合，不相上下。那關羽呼吸之中顯現粗重之聲，我卻越戰越勇。哈哈，原來體力不如老子！這下，你可栽了！

再鬥百餘回合，那關羽已漸漸落於下風。我預測：不出百餘回合，我定將他斬於馬下。

激鬥正酣，天空忽然雷聲滾滾，閃電轟然而至，風雲草木皆變色，數條蟠龍在天空隱隱若現，戰爭霎時彷彿停止了，一切的聲音都被雷聲掩埋。我和關羽來到了天際，在空中你來我往，激鬥非常。

忽然空中馬車粼粼，雷聲滾滾，一身披戰甲、威風凜凜的將軍打扮之人出現。

那人喝道：「呔！那顏良，你可知罪？」聲若驚雷般炸響。

我怒道：「你是何人？敢來治罪本將軍？」

那人道：「我乃天神下凡，特來捉你這小小顏良，竟然不知死活，違反天命行事，還不快快下馬受死？」

我笑道：「原來你就是擺弄世人命運的天神。可惜啊可惜，你擺弄不了我顏良！」

正說著，我手起一刀，向關羽砍去。

關羽閃身躲開，躲過這致命一刀。

那天神怒道：「大膽顏良，你還不快快住手！傷了關公，可是你能吃罪得了的？」

我說：「是啊，殺了關羽，這三國歷史就要改寫，你當然是不肯的了。」

那天神怒道：「雷公電母何在？」

「在！」雷公電母應聲而出。

那天神道：「雷公電母，快快將這不知死活的顏良劈死了！」

說著那雷電便往我腦袋上劈落，正中腦門。我腦袋便似砍落了一般。

我念道：「生我何用？不能歡笑！滅我何用？不減狂驕！」

那天神道：「這是個傻逼！狠狠地劈！劈死他！」

我念道：「焚我殘軀，熊熊烈火，生亦何歡，死亦何苦。」

那天神道：「這是個龍套！還想當演員！狠狠地劈！劈死他！」

我念道：「我要這天，再遮不住我眼；要這地，再埋不了我心；要這眾生，都明白我意；要那諸神，都煙消雲散！」

那天神道：「這傢伙抄襲《悟空傳》，幹死他！狠狠地劈！」

7

卻說那顏良被關公一刀斬於馬下，關羽從此一戰成名，後又有誅文醜、千里走單騎、過五關斬六將、溫酒斬華雄、華容道、水淹七軍、刮骨療毒……直至被後人捧為「武聖」，達到了前無古人後無來者的境界。

殊不知英雄的出現總有一大批龍套和路人甲之類的人為他的英名陪葬，這顏良便是其中之一。而歷史，總需要這樣一群人，或殞身不恤，或喋血戰場，雖然耀眼，卻是剎那流星般的光芒。

（完）

◇在霍格華茲上學是一種怎樣的體驗？

文／陳子茉

1

上學居然不讓帶中國龍！

管理員：「看到條例了嗎？只能帶貓頭鷹、貓或者蟾蜍。」

我：「榮恩．衛斯理就帶了隻老鼠啊。」

管理員：「你的寵物也是未註冊的化獸師嗎？」

我：「……你們這是種族歧視！」

管理員：「沒有歧視，西方龍也不許帶。」

我：「可是我的龍會布雨耶。」

管理員：「這裡是英國，謝謝。」

2

同學裡有位日本小哥因為說話口音太重，第一節魔咒課學懸浮，結果變出了一隻三十英尺高的河童……

有個美國漢子目瞪口呆地問我：「這是……忍者神龜？酷斃了！」

我：「就是個水鬼。」

河童後來被養在了巨湖裡，幫大家撈撈掉進去的飛盤什麼的。

3

在草藥課上第一次看到會 bling-bling 變色的薺菜，偷偷跟旁邊的妹子說這玩意兒剁碎了和豬肉包餃子超級好吃！

被教授聽到了……

之後整個學期講任何草藥的時候，她都會刻意強調「有毒」然後嚴厲地瞪我。

4

有一天我的室友向我哭訴，她可能變回了一個麻瓜。

她今天上所有的課，無論是念咒語還是熬魔藥，都毫無反應。

她估計自己是跟著大家混久了，消磁了……

我看了看她，冷靜地說：「妳魔杖拿錯了，那是我吃麵用的筷子。」

5

赫夫帕夫有一個小女生是虔誠的基督教信徒，在公共休息室占了個小角落布道，講《聖經》裡的故事。

她說到那個叫耶穌的人把水變成酒的時候，所有人都一臉冷漠。

後來還說起他用五餅二魚餵飽了五千人，有個男生說不可能，這不符合岡普基本變形法則，食物不能被憑空變出來。

女生：「所以祂是神。」

男生：「神也要遵守基本法啊！」

6

蒙古小夥兒拉克申有一隻過分壯碩的海東青。

某天吃早午飯的時候，這隻海東青翱翔而來，「轟隆」一聲丟下來一隻生無可戀的小牛犢。然後若無其事地落在拉克申的肩頭。

那一天，在場的歐洲人回想起了曾經一度被蒙古人支配的恐懼……

當天晚上吃的小炒孜然牛肉，超好吃！

然後，拉克申跟他的海東青說：「你看，我每天都有這麼多吃的，不用再給我捕獵了。你也乖乖去吃貓頭鷹社的食堂好嗎？」

海東青斜睨著眼睛看他，彷彿在說：廢物。

我很操心：「不吃老鼠的話會不會被貓頭鷹群排擠啊？」

拉克申：「我也很擔心。」

我：「那你家小鳥一天都吃什麼啊？」

拉克申：「體型比牠小的其他鳥類。」

我：「……」

7

暑假在倫敦的一家超市排隊，前面有個紅髮妹子看到隔壁貨架的冰淇淋，用無聲咒招來了一盒。

我：「妳這樣太招搖啦！女巫在麻瓜世界要低調。」

妹子：「女巫是啥？我是變種人。」

我：「……」

8

我的守護神是一隻小熊貓。

後來不知道誰傳說有個中國妹子的守護神是隻大熊貓，大家奔相走告，爭相來看。

看到之後都難過地說：「這不就是浣熊嗎……」

並不一樣好嗎！

9

從某一屆開始，我們的魔法史課程會有一節課講麻瓜的歷史。

講得不多，主要是麻瓜們對巫師的各種恐懼和迫害，以及提一下他們的工業革命，還有世界大戰。

然後我的一個純血統朋友非常的痛苦。

她問：「為什麼那個希特勒要屠殺猶太人啊？是因為他們血統不純嗎？」

我：「妳可以這樣理解。」

她：「那希特勒是純血統嗎？」

我：「……可能是？」

她：「那他是純血統的什麼？純血統的麻瓜嗎？」

我：「好像……」

她：「所以猶太人是混血的麻瓜？那他們是巫師嗎？」

我：「……啊不。」

我費了半天勁，給她解釋了猶太人是一個「民族」。他們大多長鼻子、尖耳朵、黑眼睛，非常聰明，在麻瓜界的經濟和金融領域地位很高，也很有文學和藝術的天分。但是麻瓜界的其他民族對他們有成見。

她：「啊……我明白了。所以猶太人其實是妖精？」

我：「……」

10

我同屆的一位同學是北歐一個王室的旁旁支，他有三十二分之一的 Elsa 女王的血統，他給我們表演過把掌心的一滴水凝結成六角冰晶。

有一個特別嚴寒的冬天，我們週末去活米村，所有人冷得跟狗一樣，有人的魔杖都凍折了。大家頂著風雪一點點蹭著去三根掃帚，就看見這位同學斗篷底下穿著件T恤，蹦蹦跳跳地超過我們，嘴裡哼著：「Let the storm rage ON~The cold never bothered me anyway~」

那之後，他一直都在強調他不是自己作死滑倒摔斷了鼻子，而是有人給他下了絆腿咒。

11

喔，除了活米村，我最喜歡的地方是巫師歷史博物館。

它坐落在倫敦一所大學附近。展品非常豐富，有刻著一些古老咒語的石碑，梅林的褲子、《推背圖》摹本、諾查·丹瑪斯的日記，啊，還有那顆預言了救世之星的水晶球，黏起來放在天鵝絨墊子上。

一間展廳裡還展示了一件猩紅色的長袍，好像是魔法界的一個流派，他們的信徒崇拜光明之神什麼的，已經絕跡很多年了。

有趣的是，現代史部分介紹更新裝備的麻瓜和巫師們又一次進行大規模對抗時，提到了中國的《叫魂》和義和團，稱讚那些術士是「不懼日益強大的麻瓜們的騷擾和侵占，捍衛魔法尊嚴的人民」。

12

想說一下我收到錄取通知的事……可是這不算上學期間發生的趣事吧，有點偏題。

信的確是貓頭鷹送來的。不過我沒有親眼見到。那時候我忙著學奧數考中學，去上補習班了。回到家媽媽就把事情都告訴我了，信也給我看了。

我當時一聽不用學奧數了，高興得忘乎所以，一下子就答應了來霍格華茲。

然後剩下的幾個月一直在瘋狂地補習英語……

13 貓頭鷹在國內實在太少見了，在城市一出現就會上新聞。去年還有一隻被捉住在微博上@了博物君……

所以近幾年霍格華茲也在聯絡中國的魔法部分處，打算培養戴勝鳥送信件。

14 啊我小時候就有一些小能力，不太強。比如捧在手裡的飲料不容易冷掉，衣服著灰了摸一下能乾淨點，後來還可以把香氣收集起來裝進容器裡之類的。

可是那時候我一直以為我是仙女啊。

15 其實，在學校裡我一直是那種不惹事生非，也沒有任何存在感的學生。如果哈利．波特和我同級，我可能在他的傳記裡連個露臉的機會都沒有。

七年一共也就給學院掙了六、七十分吧。因為我們大部分課都是跟雷文克勞一起上的，課堂上根本沒有辦法搶答啊！

最揚眉吐氣的一次，是魔藥課上教授介紹一種能解毒的湯劑，讓學生憑藉味道和顏色猜測配方。最後一味材料大家怎麼都猜不出來，我仔細聞了一下，忽然福至心靈，舉手問是不是魚腥草……

結果答對了哈哈哈，一次加了十分！

16

對，我在赫夫帕夫學院……前面講有人布道的時候不是說了嗎。

17

你們不要一說起赫夫帕夫的學生就覺得蠢好嗎？

我們不是不聰明、不勇敢或者血統不純，只是跟這些品質相比，我們覺得正直、忠誠、謙遜以及勤奮更為重要。

而且，赫夫帕夫本人非常擅長跟食物有關的魔咒，是烹飪的一把好手。我們的公共休息室離廚房很近，大家跟家庭小精靈們的關係都特別好，總是能提前知道今日菜單。

我覺得中國學生來這裡很棒啊。給學弟學妹們安利！

18

我學得最好的科目，除了草藥學，就是魔藥學了。

不知道為什麼，對課本上類似「一撮紅猩猩的毛髮」或者「數滴馬哈魚膽汁」這樣的描述操作得非常信手拈來……

啊，有一次在課上熬全神貫注劑，不知道加了什麼進去，越煮越香，有一股類似於煮得非常濃稠的椰汁玉米奶油湯的味道。全教室的學生都饞得無心上課，教授草草評價了一番就提前下課了……

19
對了，赫夫帕夫的保全是最嚴格的，公共休息室外人絕對進不來。哈利．波特就沒來過。強行闖入的話會被澆一身的醋，哈哈。
我三年級差點打算拿一點門口木桶裡的醋蘸餃子吃，幸好去問了院長能不能吃……答案是不能的。那些不是真正的醋，是施過魔法的藥劑，酸味會一直留在頭髮上，還會自行醞釀發酵，變化萬千，除非用特殊的藥劑解。
說完這些，院長兼草藥學教授語重心長地對我說：「女士，請妳不要看見什麼都一定要吃了它好嗎？」
我：「……」

20
活米村是有中餐館的，不過比較破，位置也很偏僻……很少有學生去吃，我也只有春節前後的週末去蹭頓餃子吃。
老闆姓周，他會用咒語和麵、和餡、擀餃子皮兒，但包餃子都是親手包的，一雙小胖手非常靈巧。

21
繽紛薺菜豬肉餡，餃子咬破了會散發彩色的光！不過就幾秒鐘，嚼兩下就滅了。
過年的時候，老闆會在餡兒裡悄悄地放銅納特喔。

我們過年燃放的煙花爆竹都是魔法製造的，純天然無污染。

因為村子晚上都非常安靜，我們午夜放的鞭炮都沒有爆炸聲，光線也不是很強烈。

就像一串普通的穗子一樣，慢慢從這端一閃一閃地亮到那端。

我們僅有的兩三個中國學生，和周記水餃家的店員，每年都這樣靜靜地圍在「鞭炮」周圍，等它一點點亮完，然後相互擁抱，說著：「新春快樂，恭喜發財。」

不能隨便說「紅包拿來」，因為真的會從別人身上飛過來。

22

喔，我還是當過少先隊員的。

上學時，我床頭擺著一張我的全家福。照片裡的我七歲左右，剛戴上紅領巾，非常驕傲，胸膛挺得高高的（照片是會動的，我媽媽曾經想辦法把它定格了，我帶來時解除了魔法）。

室友問我為什麼夏天還要繫圍巾，我說那是一種記號，標誌著我的身分。

她：「所以人們看到了這個紅綢帶，就知道妳是他們中的一員？」

我：「差不多是這樣。」

她：「噢酷。我們應該為生活在麻瓜世界中的巫師普及這樣的標記。」

我感覺她可能誤會了什麼，但是好難解釋。

她：「咦？那不會有非內部成員進行模仿嗎？」

我：「不會的，紅領巾的製作流程裡有一樣重要的材料，一般人拿不到。」

她：「那是什麼？」

我：「烈士的鮮血。」

她：「哇喔（肅然起敬）。」

23

從霍格華茲畢業後我沒有留在魔法界，而是回到麻瓜世界繼續讀書。霍格華茲的畢業生都會擁有一個可以在麻瓜世界通行的高中文憑。

至於為什麼我能考上國內的大學……因為我是巫師血統，有少數族裔加分啊。

24

來到麻瓜世界後，我從來沒有在其他麻瓜面前表現過自己的能力。只有在家懶得起身拿東西或者打掃衛生時才會小小用一下魔法。特別是躺在床上看書時，讓書懸浮著自己翻頁，非常爽。只不過有時候突然有動靜，魔法瞬間解除，書會突然砸在臉上……

我保留著很多不會引起人們懷疑的紀念品。比如有時候戴著赫夫帕夫的圍巾在街上走，會有人上前詢問這是在哪裡買的周邊，做工真好，黑獾真是威風凜凜、活靈活現云云。我聽了會非常驕傲。

25

我還留著我的魔杖。它現在放在一個木質花瓶裡，插在一捧紫丁香花中間。

希望它不要覺得太寂寞。

我的魔杖是梨木的，將近十英寸，芯是獨角獸的尾巴。它反應速度不快，但是準確而結實。

我的守護神是小熊貓。召喚它的時候，我會回想我和我的家人在中國的日子。

我帶去霍格華茲的寵物是一隻白色的草鴞，叫「Cloud」。不過家離得太遠了，牠平時送不了什麼東西，偶爾去拎一份周記水餃的外賣。畢業後我把牠留在了霍格華茲。

嗯，我聞到的迷情劑的味道，是紫丁香花、鋼筆墨水、暴雨時的泥土以及酸湯水餃的醋香味……

我從來沒有喝過福靈劑。

但我一直覺得自己非常幸運。

（完）

◇中國有魔法學校嗎？

文／基長

1

我一直記得，有一段時間，我家門前有隻白鴿一直徘徊不去，我老是蹲在門口給牠餵米，無論我媽怎麼趕牠，牠都不走。

後來我媽學會了怎麼做紅燒乳鴿。

後來一位親戚來家裡吃百鴿宴的時候，被裡面的竹筒嗆到了。

醫生在胃鏡裡給我朗讀了我的魔法學院錄取通知書。

2

我進了學校之後，才知道有些同學是在吃酸菜魚的時候，吃出了一條寫著字的布條，才知道自己被錄取了。

我至今覺得這名同學應該叫陳勝。

3

老師說洋人用魔杖，太弱雞了，魔杖丟了人一下就給打死了。

「那我們用什麼？」我舉手問。

「畫符。」老師說。

4
忘了說，我們學院在重慶。
至於為什麼在重慶，因為比較方便，不用咒語也照樣不會被麻瓜找到。
說實話，用了咒語也找不到。

5
祖師爺孫思邈靴靴。
徐福邪教徒退散。

6
我們分金木水火土五系。相生的可以互奶，相剋的可以互撕。
火系和水系法師主攻輸出，金系法師打輔助，木系法師是暴力奶媽。
土系法師，嗯，先送一波人頭。

7
五年畫符、三年擺陣。
嗯，至於你想問我們用什麼畫的。

你以為入學體檢抽血是為了什麼？解渴嗎？

8

英國人寫的《怪獸與牠們的產地》我也看過。

我覺得還是《山海經》比較好看。

「不過當然了，我自己編的教材我認為是全世界最好的。」

我們的魔物老師蒲松齡這樣說道。

9

我宿舍門前的畫像是李白，於是我們的入門口令每天都換。

我現在覺得我即使忘了我媽姓什麼，我都會記得李白全集怎麼背。

不過還是把門口是屈原的同學好過一點。

不知道為什麼住在屈原背後的同學總是嘲笑門口掛著魯迅的同學。學醫救不了法師。

10

宿舍不許私自養寵物！火院扣十分！

……喔，魯迅先生，是您的美女蛇……抱歉抱歉。

11

煉丹課的老師總是扣我分。我對此十分納悶。
直到有一天，老師忍無可忍。
廣東的幾位同學請不要再亂吃教學材料。謝謝。
還有四川、重慶的同學也不要再用煉丹爐煮火鍋。謝謝。
請廣東的同學不要再起鬨，也不再在課上煲涼茶，或者煲湯。
也不能煲糖水！
煲仔飯也不可以！
我受夠了，火院扣十分，沒收丹爐。

12

不准老想著吃魔法動物。
不能隨便更改麻將上的牌點。
不准上課的時候偷吃人參果。
不准上課的時候用符紙折飛鶴聊天。
不准跨系戀愛！不准同系戀愛！反正不准戀愛！
最後一條是火院同學寫的。

13

不許私自攜帶魔物離校！不許未經過校方批准在校外胡亂施法！

馬良學長就因為這樣永遠地被釘在歷史的恥辱柱上。

每一屆入學都要被拿來當反面例子。

太慘了。

14

「那我們畢業之後能幹什麼？」我問。

「看過《殭屍道長》嗎？」老師反問。

「所以是當道長嗎？」我問。

「難道你想當殭屍？」老師反問。

15

必修課「如何與妖魔鬼怪相處」主講老師是鍾馗道長。

任何一個系的同學都不敢遲到。

要知道，被他請去喝茶可能再也回不來了。

不過黑白無常倒是挺帥的。

不笑的話。

16

很失望，從來沒有什麼大魔頭進攻過，我唯一見過的大場面，還是去日本交流學習看的百鬼夜行。

好吧，我錯了。

校長把兵馬俑全都復活了。

為什麼校長是秦始皇這件事從來沒人知道？

確實沒人關心過校長叫什麼……

17

土系學院的土包子們這回跩得跟二五八萬似的。

把兵馬俑都融化了，你不就很棒棒。

校長在文物局的人面前假裝自己老年痴呆。

最後還是火院連夜全院動員重新燒了一批。

可把我們牛逼壞了。

18

文物局又來了。

為什麼有些秦俑長得像表情包？

我們同學也想在文物局的人面前假裝自己老年痴呆。

19

嘿嘿嘿，金院的人給我偷偷重新打了幾個丹爐。

條件是我們給他們煮一頓砂鍋雞。

他們負責偷雞。

「吃了鳳凰會噴一個禮拜的火。」

金院同學說。

然後從嘴巴裡重新飛出來。

20

「御劍飛行？你在做夢嗎？攜帶管制刀具上街是要被拘留的。」

飛行課老師如是說。

「不要問我為什麼知道。」飛行課老師補充道。

貼飛行符，貼飛行符。

大家都是文明社會文明人。

除了常常被人當成人形風箏。

21

不說了，我要去玩飛旋火蹴鞠了。

（完）

◇遇到妖怪是種怎樣的體驗？

文／鹿鳴

1

我老家是浙北一個有千年歷史的小鎮，鎮上大街小巷遍布著羊肉麵館子，一般只做早餐跟宵夜。

有一天深夜我回家，跟我爹兩人去吃麵，那天還下雪，我倆正熱乎乎地吃著，突然走進來一個穿黑色風衣的年輕人，也來吃麵。

他吃了一會兒，大概熱了吧，把風衣一脫，身後竟然露出一條大白尾巴來，原來是隻偷偷溜到人間來找食的狐狸。

2

剛工作的時候我跟閨蜜合租，有一天她告訴我說，上班的時候把日期登記成去年了。

然後我去上班，老闆竟然跟我說我昨天曠工了？於是我們覺得十分奇怪，肯定有什麼東西在搞事。結果當天晚上捉到一個從座鐘裡溜出來的小妖怪，就是它惡作劇把我倆的時間都調了。

3

還是我跟閨蜜合租時候的事兒。

閨蜜平時喜歡種點花花草草，然而我們從樓下花壇裡挖來的土營養都不夠，於是我們把平時切菜剩下來的菜幫子、蘿蔔頭、馬鈴薯皮什麼的都埋起來讓它腐爛。

大概過了半年吧，閨蜜挖土的時候翻出來一個胡蘿蔔頭，埋了半年竟然還是好好的，而且還長完全了，它還跟我們打了聲招呼，然後就跑掉了……

4

我有個朋友在一家西餐廳兼差，聽他說有一天很忙，結果有個客人忘記買單就走了。

他連忙追出去，沒走幾步路就到了荒郊野外，明明他所在的西餐廳在鬧區裡的啊，但是身後已經沒有城市的影子了。

而前面，有幾隻狐狸圍著火堆正在烤肉吃，其中一個還和朋友打招呼，說他沒錢付帳，吃了他一頓，就還他一頓吧，邀請他來一起吃烤肉。

朋友說，他吃到了有生之年最好吃的烤肉，雖然並不知道是什麼肉。吃完他就回到了店裡，可是記錄裡並沒有狐狸這一單。

5

我常去社區對門的咖啡館裡，店主是個年輕妹子，養了隻老貓，那貓超喜歡曬太陽。

那妹子並不知道，她的這隻貓其實是妖怪。

這也是我無意中知道的，可能是因為我經常跟妖怪接觸吧。

老貓說，它以前跟別的妖怪打架，受了很嚴重的傷，多虧了這妹子救了它，當時她還是個小孩子，從此它就跟在她身邊了。

過個十來年，老得差不多了，就裝死，變成小貓再找過來。它說人類的生命就這麼幾十年，它陪她幾次也沒什麼。

6

我在兩年前撿到一隻獨眼貓，於是就收養了牠，把牠從巴掌大養到現在圓滾滾。有一次我回老家掃墓，牠一定要跟著我一起去。

在墓地上，牠原來那隻緊閉的眼睛突然睜了開來，眼珠血紅，在牠的目光對著的地方，突然出現了一條路，兩位老人朝我走過來，那是我的祖父祖母，我很想他們。

7

自從知道我收養的貓其實是個妖怪，牠就開始不再裝做普通貓的樣子了，而是開始凌駕在我之上，使喚我為牠做任何事，比如讓我給牠買罐頭、買餐包、買小魚乾、買生魚片……嘴巴越來越刁，吃得越來越胖，我的錢也越來越少……

不過好處就是，牠把我們家附近一片的妖怪全都打敗了，從此很少有妖怪來騷擾。

8

當然也不是很絕對的，比如說有些剛到人間的小妖怪就很不懂事。有段時間我發現我很少做夢了，而我習慣在枕頭邊放個本子記錄夢境，我已經好多天沒記了。

大概又過了幾天，也是夜裡，突然被客廳傳來的聲音吵醒了。

我出去一看，貓抓住了一個奇怪的東西，並不斷按它的肚子，於是我看見很多夢境片段都從這個小妖怪的嘴裡吐了出來。

9

養了貓之後就開始喜歡別的貓，所以我經常把家裡貓吃膩的貓糧揣走，餵公司樓下的流浪貓。有一天我經常餵的流浪貓還帶了牠的小夥伴來，問我討小魚乾吃，我恰好沒有帶，索性帶著牠們去買生魚片。

牠們吃完生魚片，突然開口跟我說了聲「謝謝」。這才發現不知什麼時候這小貓都修煉得能說人話了。

10

我單位的辦公室裡經常少東西，而且下班時明明關了電腦，第二天過來經常是開著的，大家都覺得很奇怪。

有一天大家都去吃晚飯了，我一個人留在辦公室裡。也許是我的位子比較靠邊，讓它沒有看見，被我發現之後躲也來不及了。

它是個修成形的影子，只是不知道是誰的影子，學著我們上網、工作。

它不敢出門，因為是路癡。

（完）

特別收錄

獨家攻受大揭密

◇黑白無常平常都在做些什麼？

——誰是地府最佳好兄弟？

文／丁凌凜

有句話說：真正的友情就像普洱茶，經過時間的磨練，歷久彌香。但你們知道，如果遇到一個像豬一樣的隊友老是給你扯後腿的時候，那友誼就是發黴的普洱茶了，那毒的程度足以讓你死亡。

你們聽說過一個關於好朋友的故事嗎？從前從前有個鄉野傳說，說閻羅王跟前的鬼差七爺和八爺是非常要好的朋友，某天因為一起出遊遭逢大雨，七爺想說自己的家比較近，就先回去拿傘，讓八爺留在原地等他，結果這暴雨越下越大，洪水淹過了橋，竟然把身高矮小的八爺范無救給淹死了。

七爺帶傘趕來的時候發現八爺因為怕七爺找不到他，遵守約定淹死守在橋下。七爺傷心欲絕，吊死在同一座橋下……你們聽完一定覺得這是一個關於刎頸之交的故事吧？

當年我順利走過奈何橋，歷經閻王殿的重重審判後，莫名其妙被發配到員工宿舍教育訓練。結束後的第一個晚上，同事為我們開就職慶祝會，那個范無救早早就喝得酩酊大醉，他讓我扶他去尿尿的時候才說，原來當初他一直死守在橋下並不是因為要等我，而是他突然很想上茅廁，猶豫了很久，到底是要去橋下豆腐鋪子借茅廁還是直接就地解決算了。後來心念一轉，反正大下雨天的誰會看到他在做什麼，沒想到他褲子剛脫下來，一陣大洪水來襲，淹沒整座橋，褲子都來不及穿就這麼莫名其妙淹死了。

當我聽到他的死因才發覺我當初死得多麼冤枉！我那時以為我多對不起他，甚至想到沒臉面對他那雙七十多歲的老父母，內疚地自縊在那座橋下！這是多麼不值的事！

那天之後，我對他一直心有埋怨，總覺得是他害了我。原本我應該有著大好的前途。那幾年我虔心禮佛，在蘭若寺的牆縫裡得到一本祕笈，研究如何製造出能隨身攜帶的聚寶盆，把白花花的銀子放進去可以源源不絕生出更多的銀子。我覺得是我多年日行一善，老天爺要幫我發財，但別人都罵我是騙子，說我腦袋有毛病。無論如何，我對這本祕笈是深信不疑的。

如今我卻跟他一起成為地府的公務員，每天執行著千篇一律的任務，和他睡在同一間宿舍裡，大眼瞪小眼。夫妻住在一起幾十年都會膩了，更何況我是跟一個男人睡在一起超過一千年？

你們知道我是誰了嗎？沒錯，我就是那個號稱范無救超級好朋友的七爺——謝必安。

這些年我提出過許多次調職申請，為的就是離開這個因為烏龍糾纏著我上千上百年的范無救。第一次申請，剛好因為我在製作我生前念念不忘的聚寶盆，不小心炸了閻王殿後花園被重罰而轉調不成，他們還派橋上供茶的孟婆來給我做心理治療。

第二次申請，因為有人舉報我做不法生意而失敗，我只是把人間的護膝護肘帶到刀鋸地獄賣，事實上這種人類的玩意兒根本沒辦法抵擋十八層地獄的殘酷刑罰，就是讓那些新來的鬼買個心安，然後我同時在拔舌地獄賣蛋糕，這些被拔了舌頭的鬼沒辦法品嘗味道對花花綠綠的蛋糕特別喜愛，生意非常好！同時我也在油鍋地獄賣蘆薈，生意好到供不應求呢！

這時候我放棄研究製造聚寶盆，樂得滿心投入在這些生意上頭。

沒想到好景不長，又不知道是誰把這些事告訴閻王，害我被關了起來，叫天天不應，叫地地不靈。在判決的時候忽然閻王一陣沉默，望了望漆黑一片的地獄又看了看我說：「去把土地公找來，我有事想和他商量。」

原本我以為我會被罰關個禁閉十天半個月不見天日或者被施以杖刑，結果沒想到閻王竟然是要跟土地公討論有沒有可能發展十八層地獄旅遊的行程。

從此我跟范無救被任命為地獄旅遊團導遊，這是不是一件很荒謬的事？當時我問范無救。他卻說我都能賣東西給鬼了，還有什麼是不可能的？

我們擁有人間和地獄結界的鑰匙，專帶一些犯錯、心虛的人類到地獄參觀十八層地獄。這個任務，我既賺不到錢又調職不成，還要繼續與八爺一起工作、吃喝拉撒睡都在一起，糾纏的命運一直延續到了今天，都已經西元二〇一九年了。

這陣子人類過農曆新年，有很長的連假，我們的旅遊團生意非常火熱，現在有很多人類已經沒有觸不觸霉頭的忌諱，我跟八爺忙到沒日沒夜，處理各種大小狀況。像是有人不小心脫隊啦！有人差點被當成鬼送進油鍋啦！還有人集合時間拖拖拉拉的！

可能是過於疲勞，也可能是范無救的膚色太黑和夜色融為一體了，就在我們剛送完人類回人間，準備奉命，順便要去帶一個即將死亡的人類到地府接受審判的時候，范無救慘叫一聲，捂著屁股倒地。

我摳了摳臉頰用右腳踢了踢他，叫他不要再裝了，他裝死想摸魚不是第一次了，上次想開溜去吃雞排也是用這招。他還是很痛苦地倒在地上鬼吼鬼叫。

我開始覺得事情好像不單純，眼角瞄到一個綁小辮的小孩子躲在電線桿旁偷看我們，看起來不是人類，跟我們一樣不屬於人間。我飛過去揪出那個想立刻逃跑的孩子，他的手上拿著弓箭法器，我確定他應該是一個日夜遊巡，而且是一個新上任的遊巡。

「拜託不要抓我！」他苦苦哀求。

「你拿著公家配給的法器玩耍闖禍，走！跟我回地府！」我瞪大炯炯雙眼，吐出舌頭十分嚇人。

「嗚嗚嗚……」約莫十歲的遊巡哭哭啼啼地揉著眼睛。

「算了吧！放他走吧！你看他還這麼小，帶他回去大概會被罰杖刑呢！」范無救捂著屁股緩緩起身，面目扭曲，還不忘幫他求情。

「他長得實在太黑了，我沒有看到他才不小心射到他的！」那遊巡辯解著。

「唔……對，一定是因為沒看到我，不是故意的，別怪他。」

「你們兩個在胡說八道什麼啊？明明就是他公器私用闖了禍，你為何幫他開脫？你看你的屁股都流血了！」我看見他黑色的棉布褲子濕濕的。

「沒事啦！你走吧！」范無救對那孩子示意。

我氣得說不出話。

范無救爬起來試圖邁步，卻面目猙獰。他平時就長得不好看了，現在這個樣子應該能嚇死一票鬼了。

「算了，你回去休息吧！我自己去就可以了，這次的任務很簡單。」我無奈地說。

范無救猶豫了一下。我不耐煩地將他背起來，我比他高很多，背起他十分輕鬆。

一開始他很抗拒，覺得男人背男人的畫面不好看，在我堅持下，他不敢再多說話。

送完范無救，我從通道重新回到人間，回到原來我們出現在人間的那個地點，準備單獨執行任務。

途經一家遊戲機店的時候聽見裡頭有人類慘叫，一看，竟然是剛剛那個射傷范無救的小遊巡。

我們都知道遊巡的工作是監督世間善惡，如今他拿著弓箭瘋狂爆打那個人類，已經超過他的職權範圍了吧！

我飄進店裡制止他，那人類看不見我們，但感覺到莫名其妙的疼痛瞬間停止，那個人類嚇得屁滾尿流，一直說這裡有鬼，連滾帶爬跑了。

「你做什麼呢？教育訓練沒有教你這麼做吧？怎麼可以裝神弄鬼？」

「這位老大哥，我幹麼要裝神弄鬼，我本來就是啊！哈哈哈！」一說完話，他就發現自己失言了，兩隻手掌捂著嘴巴，露出後悔的神色。

「我覺得你需要再教育！我看我連絡一下你的上級好了。」我準備掏袖子。

「不不不！我管不住我的嘴巴，饒了我！」小遊巡快懊悔哭了。

「哼！不要再瞎胡鬧！夜路走多了總會碰到鬼！」我說。

「可是我每天都碰到鬼啊……啊不……我是說大哥哥你怎麼又回來了？」

「回來執行任務。」我臭著臉說。

「咦？什麼任務？」這小鬼頭顯然很不會看人臉色。

「鬼差的任務，你以後就知道了。」反正只是個孩子，我隨便敷衍他，走出商店，沒想到他跟了出來。

「大哥哥，我跟你去。」他一副要湊熱鬧的樣子，非常興奮。

「不要跟過來！」我並不喜歡他，我不像范無救那樣喜歡孩子，尤其像他這樣愛闖禍的孩子更惹人討厭。

偏偏他一直緊緊黏著我。

「大哥哥，我看你們之前從結界帶一堆人類出來是為什麼啊？難道是劫獄嗎？哈哈哈！」

「胡說八道什麼！那是地獄旅遊團。」

「地獄旅遊團？那是什麼東東？」小遊巡忽然安靜起來，我有點不習慣。

我拐了個彎，走進一間藥局。

「大哥哥進來做什麼？難道你要抓的鬼在裡面？」

「不是……」我在藥局找了很久，找到各式各樣的痠痛貼布，然後把錢用法術神不知鬼不覺地放進收銀機。

「哇！大哥哥你怎麼有人類使用的錢！」小遊巡瘋狂大叫，像是中樂透那樣驚喜。因為他太過激動，把貨架上的一些藥品都震了下來，藥局裡的店員看到這景象以為是地震，嚇得躲在櫃檯底下。

我不敢說這是我之前在地獄做生意賺來的錢，俗話說得好，最危險的地方就是最安全的地方，我把一部分偷偷藏在奈何橋的河底，沒有被全數充公。我心裡偷偷慶幸著。

「不過大哥哥買這麼多貼布做什麼？」小鬼頭在藥局裡飄來飄去，非常好動。

我深深覺得這個小孩的問題太多了，一點也不想回答他。

「是買給剛剛那個黑黑的哥哥的嗎？」

「……」我不理他，逕自走出藥局。那個小鬼頭還是黏著我不放。

「大哥哥！你剛剛不是說地獄旅遊團嗎？我對這個好有興趣，我常常跟著人類的旅行團到處去玩，但是到現在都還沒跟過地獄旅遊團耶！好不好玩啊？」小鬼頭的問題實在太多，從遇見開始就不停地問、不停地問，哪有這麼多為什麼？

「你到底有沒有在執行公務啊？怎麼聽起來你都在打混摸魚？」我問。

「哎唷！我這個叫作……邊工作邊玩啊！哈哈哈！你還沒告訴我好不好玩耶！」我不懂，怎麼會有臉皮這麼厚的小孩。

「地獄旅遊團是給人類參加的，你問那麼多幹麼？你又不能參加。」我說。

「是喔！好可惜喔！我都還沒有真正到地府參觀過……欸！我忽然想到我們可以一起辦個人間旅遊團耶，人類都能去地獄參觀了，那也應該給地獄的員工辦個員工旅遊吧？」小鬼頭邊思考邊說。

「……」我默不作聲，這個小鬼頭的頭腦似乎還不錯。

「你看！像這間夜店，我覺得就很適合地府的員工喔！」他強拉我進夜店，但事實上我並不知道夜店是什麼，人類的玩意兒推陳出新，有時候我覺得我跟不上時代。

進去黑漆漆的夜店，天花板、地上射出來的燈光金光閃閃，音樂聲震耳欲聾讓我聯想到地獄的鬼哭神號，我覺得這裡的氛圍跟地獄有八七像。

「員工旅遊第一站，從結界出來第一順路的夜店！有歌有舞有酒，多好？」小遊巡順勢拿起一杯調酒要喝，被我阻止。

「小朋友不能喝酒！」我很凶地說。

「大哥哥！其實我今年已經滿十八歲了！讓我喝！」

他奪回酒，正要喝的時候，被一個英俊的少年從身後拍了拍肩膀。

「你怎麼在這兒？猴！半夜在路上閒晃齁！」英俊少年親密地捏了捏小遊巡的臉。

白皙的英俊少年也不是人類，看起來應該也是個遊巡，兩個人的氣質大相逕庭，一個看起來成熟穩重，另一個卻看起來毛毛躁躁。

「你不也在這裡鬼混嗎？」小遊巡說完，一把將對方抱得死緊，「我好想你唷！」他說。

他們看起來就像……一對戀人。

我在腦中不斷修正自己腦中的詞彙，朋友、戀人、愛人、情侶、同事、夥伴……到底是……

「大哥哥別再猜了，他是我的男朋友。」小遊巡咬著吸管，鬼靈精怪地說。

男、男朋友？難道人類又發明什麼新的男朋友的定義了嗎？男……的朋友？

「是很有愛的那種男朋友。」小遊巡彷彿知道我不明白。

「他是誰？劈腿劈到我面前來了嗎？你也太明目張膽了吧？怪我沒有天天跟你見面嗎？」英俊少年生氣地說。

「不是啦！這位是地獄的鬼差，我帶他參觀一下人間。」

「他待過的人間恐怕比你還久，你帶他參觀什麼人間？」少年不相信。

「真的啦！我們在討論人間旅遊團的可能性。」

「噗！什麼旅遊團？」少年剛就口的開水噴出來。

「給地獄員工旅遊的旅遊團啊！」

「I服了U！整天光想這些有的沒的。」

「你好我是夜遊神，很高興見到你。」英俊少年主動伸手要和我握手，我伸出我慘白的右手和他交握。

「你是夜遊神，他……是日遊神？」我指著小鬼頭。

「對啊！」他微笑。

「那你大晚上的不回去好好休息，為何在路上遊蕩？」我質問小鬼頭。

「哎唷！因為我值日班，他值夜班，總是碰不到面，所以我……」

「你這樣不遵守工作守則是不行的……」

「沒辦法啊！誰叫我們剛剛好是日夜遊巡嘛！大哥哥你睜隻眼閉隻眼，當作不知道就好啦！」他又嘻皮笑臉。

我被他們拉到舞池中跳舞，腦子裡瞬間想到群魔亂舞的畫面，覺得好像有點有趣。

今天晚上這店裡不知道辦什麼活動，這裡的人類全扮成了……應該是我們的樣子吧？有閻羅王還有牛頭馬面，我好像還看到我自己，不過那個人類假扮的七爺有長長的紅色舌頭露在外面，我平常不是這樣子的，偶爾吐舌頭是為了嚇嚇不聽話的鬼魂！我還看到有人扮成有翅膀的！

忽然人群裡傳來驚叫聲！有人大喊：「有鬼啊！有鬼啊！救命啊！」屁滾尿流地從人群中爬出來往外逃。是一個裝扮成散髮女鬼的女人。

有人在後面大笑，「妳自己也是鬼啊！鬼被鬼嚇到喔？哈哈哈！」

「不！是真的有鬼，我剛剛看到鬼了！」那假女鬼尖叫。

「應該是妳喝醉了吧！哈哈哈！」其他人訕笑。

她不斷解釋，邊形容看到鬼的樣貌。

小鬼頭日遊巡從人群中飄出來，翻了個白眼說：「我哪是鬼，我明明是神，嘖！而且我很可愛啊！」

「你剛剛幹麼要嚇她？暴露我們的身分是很不好的事。」夜遊巡溫柔地罵他，一點殺傷力也沒有。

「我只是突然想讓她看看嘛！這種場合現形應該沒關係吧！」小鬼頭果然調皮。

「你這樣搗亂，到時候害的不只是自己，說不定也會害了他。」我說。

「大哥哥你跟黑哥哥也是夥伴，可是你們能一起工作好好喔，好羨慕喔！」小鬼頭說。

我扯了扯嘴角，長長的舌頭不小心從嘴裡掉出來，又被我塞回去。

能一起工作很好嗎？想想我前面好幾百年都在想著怎麼脫離他呢！

果然家家有本難念的經。

後來我猛然回神，想起自己的工作還沒做，立刻要告辭。

「大哥哥別急，我陪你去，我們順路再逛逛嘛！」小遊巡拉著我，一直問我地獄裡的員工會喜歡什麼樣的旅程和景點。

我認真地想了想。

「應該安排吃個美食。」不管是人是鬼是神應該都對吃的很有興趣吧？

「喔！我想這家店大家應該會喜歡喔！」他帶我走進一間速食店。

「這裡我常常經過但是不會進來。」我看著招牌上大大的兩根香蕉。

「對啊！這裡就是年輕人喜歡的玩意兒！人類平常拜拜也不會拜這些東西，對地獄員工來說絕對很新鮮！」

我忽然無法反駁他說的話。

我們在那裡吃了兩份漢堡和薯條，我對這個味道有些不習慣，但也不覺得難吃，甚至越吃越覺得順口，我們地府的員工餐是不是也可以換新潮一點的餐食呢？不然幾千年都吃差不多的東西，大家也膩了，我看在十八層地獄裡的那些工作人員好像都越來越瘦了。

當我喝到所謂的飲料的時候，忽然眼睛一亮，「這什麼東西！這麼好喝！」冰冰涼涼的。

「這個叫可樂！好喝吧？」

我瘋狂點頭，「我還要帶一杯走！」

我手裡拿著一杯可樂，跟著小遊巡前往下一個參觀地點。至於我到底為什麼要聽他的話，我也不明白。

「大哥你喝這麼多可樂不膩啊？這種東西喝多了容易打嗝——嗝嗝！」小遊巡瞬間補了一聲嗝。

「這不是我要喝的，我要帶回去。」我解釋。

「給誰帶？不會是那個黑黑的哥哥吧？你對他真好啊？又是買貼布又是買可樂的。」

「沒辦法，我們是室友。」我說得很無奈，就好像我是被拖累的那個。

「也是有老死不相往來的室友啊！嘿嘿。下一站去哪裡好呢？」

「我覺得他們應該對人間很多事充滿好奇，平常也沒機會看書，給大家補充一下知識看看書、買買書什麼的也是不錯的！」

「喔喔！那就這裡啦！」小遊巡指著一間大書店。

自動門感應到風，打了開來。我們飄進去，書店裡琳瑯滿目的書籍，我隨意逛著，這些都是我們平時不可能來的地方。

對於漂亮的設計封面和種類我嘖嘖稱奇，其中有一櫃書叫作「宗教命理」，我竟然在上面看到我跟范無救的照片，可是我覺得他把我們畫醜了，我本人比較帥，他本人也比較可愛，沒那麼可怕。

除了介紹各種宗教還有各式各樣的命理算法，有的甚至我看都沒看過，像是星座占卜。

我算著范無救可能的星座，認真研讀著。

然後我又看到一本書在探討這個世界上有沒有鬼，死後的世界可能是怎麼樣的，我笑了笑，心想，傻孩子，下次應該邀你參加旅遊團的！我拿筆將他名字記下。

還有一本書！奇了怪了！竟然叫《血型愛情白皮書》！血型是什麼我不知道，但我還是忍不住翻閱。裡面寫到時時刻刻會想到對方，想做些讓對方開心的事就叫作放閃？

我嗤之以鼻。不過要怎麼知道自己的血型呢？

「怎麼樣？大哥，這裡可以列為觀光站嗎？」

「嗯！可以，應該會很有趣，不過買太多書可能會很重，我們可以弄個付費宅配，幫他們把東西直接送回地獄，就不用大包小包了，也能從中賺到錢。」

「嘻嘻，哥哥不要忘記分我喔！」

「等等，我要買一本書。」我假裝沒聽到他的話，把那本《血型愛情白皮書》搋在懷裡。

那小鬼頭探頭看了看，科科笑著。

我趕緊解釋，「買回去送人的。」

「又是那個黑黑的哥哥嗎？科科。」小鬼頭偷笑。

我不理他，付完錢不等他就走了。

「欸！等等我！」他追上來時我已經進了一間糕餅舖，買了一袋水潤餅。

「這什麼東東？」顯然小遊巡也沒吃過。

我記得范無救說過想吃這個，這次他不能出來，我只好帶給他了。

「大哥哥，我覺得你好像很喜歡黑哥哥喔？」

「誰喜歡他！鬼才喜歡他！」

「哥哥你不就是鬼嗎？科科！」

「閉上你的鳥嘴！」

「嘻嘻！我覺得你喜歡他啦！只是他喜不喜歡你呢？你一定很想知道吧？」

「你在胡說什麼？」

「大哥哥現在都什麼時代了！不用害羞啦！你們都在一起上千年了，還不確認關係，是在等什麼？鐵樹開花嗎？還是世界末日？」

「……」

「我剛剛在書店查了一下，大哥哥你們就是地獄鬼差，黑白無常吧？你們的故事我已經都知道啦！當初你那個就叫作殉情吧？幹麼這麼不好意思？」

「死小鬼！那只是一個烏龍事件！你再講我就揍死你！」我徹底被惹怒了！

「哎唷哎唷！」小遊巡繞著我跑，像挑釁。

「大哥哥你要傾聽自己內心的聲音啊！你是不是離不開他？是不是他一天沒在你身邊你就覺得怪怪的？是不是時時刻刻都會想到他？是不是很想見他？」

「沒有沒有沒有！聽你在放屁！我巴不得離他遠遠的！」我否認！矢口否認！

「好吧！那我……」他話還沒說完，我的手機就響了。

手機？沒錯，我有手機，這是一支可以穿越陰陽界的手機。

電信公司在哪裡？很可怕，千萬不要問下去……

「你在哪裡？」

「我、我還在外面。」不知為何那小遊巡不再鬧，看著我科科笑，我只覺得我臉很燙。

「沒有啦！我有點事。」

「怎麼這麼久還不回來？到哪兒鬼混了？」

「大哥哥你蒼白的臉竟然紅了耶，要不要照照鏡子？」小鬼在旁邊嚷，被我大眼使勁一瞪。

「你在哪裡？早點回來吧……時間不早了，不要在外面鬼混……」范無救有氣無力地說。

「好好好，我知道了。」我看起來很不耐煩地掛掉電話，深呼吸口氣，感覺到自己心臟撲通撲通狂跳，是怎麼回事？一定是這個死小鬼亂講話害的！

「大哥哥，他是不是讓你早點回去啊？」

「你怎麼知道？」

「嘻嘻！你是不是很想知道他喜不喜歡你啊？」

「……」

「如果你也給我一支你這個手機，我就告訴你。」

沒想到竟然有一天會被小遊巡威脅。

「……這是我私下跟多力亞星的外星人辦的，一支不便宜，申請手續也麻煩。」當初會得到多力亞星給的手機其實是個意外，那時候我跟范無救在人間執行任務，竟然遇到外星人的小孩在舉行校外教學。他們開了好幾艘的飛船在地球觀光，因為一個外星人孩子莫名其妙走失，雷達竟然偵測不到而焦急時，碰上了我。

我當初還不知道他們是誰，也很驚訝他們竟然看得到我們，他們跟我們雞同鴨講了很久，最後好像終於調到跟我們對話的頻道，告訴我們他們在找小孩。

我跟范無救運用我們的法術，搜索到那個外星來的孩子，原來他躲到飛船底下睡覺了，難怪找不到他！

外星人對我和范無救的法術很有興趣，希望我們能傳授他們這項技能。那時候我還真不知道要怎麼教勒！畢竟這是我們身為鬼差與生俱來的能力。

後來，他們展示了他們的新科技，像是不需要剖開身體就能對身體進行任何手術，再精細的手術都沒問題！讓男人生小孩，讓貓變成狗，還有各種最新科技！

我們看得目不暇給，最後他們送給我們兩支手機，說什麼基地臺就在多利亞星上，不管我們到哪裡都能打通，包括……打給他們。

於是我跟范無救就跟外星人搭起友誼的橋梁，到現在他們還會時常打電話來跟我們問好、聊聊天什麼的，當然還有請教我們關於法術的練習進度。

「不管啦！我也要一、兩支！我要兩支！」他越來越得寸進尺了。

「不行！」

「給我兩支，我就告訴你，要怎麼知道你們之間到底是友誼還是愛情，還有他究竟喜不喜歡你！」

「……我為什麼要知道他喜不喜歡我？」為什麼我有一點心動？

「我要能通話的手機喔，不是空殼喔！」

「好吧，你說吧！」

「嘻嘻，你聽我說……」

我們趕到的時候，那個老人剛剛好斷氣，家屬親友都在身邊，難過掉淚。人世間的悲歡離合我看得很多，有時候我慶幸我是鬼差，不用再一次經歷這些，但別人的事看在眼裡多多少少也會傷感還要裝得若無其事。

我牽引他的靈魂，用鍊條鎖上，準備帶他離開人間返回地府。

臨走前小遊巡笑著對我說來日再見，相信那一天一定很快到來。

在結界入口，我回頭看了看他，他那個男朋友也來找他了，小鬼頭開開心心地把一支手機交到他手上，那個少年看起來很驚喜。我還幫他們配了很相像的一串電話號碼，給他們當情侶號，是不是很貼心？

走過奈何橋交完差，和孟婆打了聲招呼，她想和我閒聊，我直嚷著趕時間。我回到宿舍，范無救趴在床上，看起來還是不大舒服。

我過去伸手要去脫他褲子。

「欸欸欸！你幹什麼！」他緊緊抓住褲頭，不肯讓我脫。

「我看看啊！」我說。

「沒、沒什麼好看的！」他十分堅持。

「感覺傷得不輕啊？我買了藥膏給你，幫你貼吧？」都是男人有什麼好害羞的？

在我勸說許久後，他才遲疑地鬆開手。

脫下褲子那瞬間，我覺得我臉紅了，兩個大男人間，我也不知道我為什麼要臉紅。同住這麼久，這好像是我第一次看見他的屁股。

「嗯，傷得不輕啊。」我看見他黝黑的臀部，還能明顯看見傷口。

他不吭聲，我也尷尬。

貼完藥膏，我看他閉著眼，為了解除這種氛圍，我又拿出可樂和水潤餅。

「吃點吧？我不在，你肯定都沒吃。」

他還是趴著，緩緩睜開眼睛，我竟然有一種錯覺，他好像臉紅了？

「這是什麼？」他看著那杯黑黑的可樂。

「可樂，人間的新玩意兒，好喝，在嘴裡有啵啵啵的氣泡，你喝喝看！」我熱情地將可樂塞給他，就想看他喝得開心的樣子。

「你怎麼有錢？是不是又藏著沒上繳？」范無救果然很懂我。

「別問這麼多！快喝。」我阻止他再說下去。

「噁噁！哪有什麼氣泡，就很甜的糖水而已！」他吐著舌頭，我怎麼覺得有點可愛。

「是嗎？」我存疑地喝了一口，「咦？怎麼沒氣了？」之前喝明明有很多氣泡。

「你跟我都是沒氣的啊？怎麼了？」他呆萌地說。

「不是，我是說這可樂沒氣了！怎麼會這樣……」我弄不明白。

「沒關係啦！下次……我們再一起去人間喝。」他眼神閃爍地拿起水潤餅亂咬一通。

我看著他，忽然覺得可愛。

「嗯，好。」

我們相視而笑。

「只要你不要再一天到晚想辦法調職離開我。」范無救小聲地說。

「蛤？你說什麼？」我覺得他說這話怪怪的，難道他不希望我離開他嗎？

忽然想起剛剛小遊巡跟我說的話。

『大哥哥你是不是常常表現得很討厭他？』

『他是不是上千年來不曾離開過你？』

『是不是每次吵架最後都會和好？而且都是他先向你求和？』

『你說你申請過很多次調職都失敗？你有想過失敗原因嗎？』

『他剛剛叫你趕快回去的另一層意思就是我想你了，懂？』

『我不再多說了，你自己想想吧！』

這些年我調職失敗的原因……嘴邊的話，欲言又止。忽然我好像明白了一切，明白了他的眼神和他的表情，之前我一直以為他是斜視和顏面神經失調。

我把手邊那本書遞給他，「人類的玩意兒，看看吧，下次我也想去驗驗血型。」

我笑著說。

「打電話找外星朋友驗就好了，不麻煩。」范無救說。剛好他們也想研究關於靈魂、鬼神之類的現象。

那之後我不再申請調職，和范無救專心把地獄旅遊經營得有聲有色，甚至增加了國外和多力亞星的客戶。因為各國人種和我們的語言溝通有隔閡，所以為了和他們溝通，我們的員工還努力學習了英語。

多力亞星的人知道我們有翻譯的困難，還幫我們開發了裝在我們身上可以同步翻譯的機器，真的方便很多。閻王很感激他們，只要是外星朋友旅遊都有特別打折，多力亞星還介紹了其他銀河系的客人，宇宙飛船絡繹不絕。

我也適時向閻王提議要不要給大家固定時間辦個員工旅遊，讓大家紓解平日的壓力，能提高工作效率。

閻王評估了一陣子，決定試辦看看，於是我就和人間那一對小遊巡合作，照當初的考察和計畫辦了一次員工旅遊。

大家的評價都很不錯，閻王說下次可以考慮辦個兩天一夜之旅，甚至有機會的話也可以去遠一點的多力亞星旅遊。

有一次多力亞星的客戶說溜嘴，告訴地獄其他的鬼我和他們有業務往來，我和外星人申辦超時空手機的事就此傳了開來。

原本我以為閻王會為了這件事懲罰我，但是並沒有。而且閻王自己也申請了一支，但好笑的是他申請完才發現不知道要打給誰，於是也給大家都辦了一支，從此大家三不五時就會接到閻王打來查勤的電話，呃……不，是閻王打來關心問候的電話。除此之外，大家也可以很順利地打手機互相聯絡，連LINE群組都加了，不用再千里傳音，要知道不是每個鬼差都有千里傳音的法術，而且要千里傳音需要耗費很大的力氣的。

我們現在還能上網查人間的資料，大家變得新潮了許多，甚至有些同事在「危機百科」上面看到關於自己的資料很開心，覺得自己根本就是名人，還熱心幫忙更新資料，只是有沒有人類相信就是另一回事了。

員工旅遊的時候大家也逐漸知道要帶哪些伴手禮或者新科技產品回來，原本陰森森的地府變得熱鬧、有朝氣，我應該算是大功臣吧！所以閻王還幫我們兩個宿舍升等，變成一人一間的大套房，不過即使如此范無救還是老睡在我的房間，他說他習慣這樣了，呵呵。

不過我們還是會吵架的，吵架了不和好是常有的事，我弄不懂他的那些小脾氣，有時候就越演越烈，一發不可收拾。像是我自己出去忘記打電話給他報告行程，或者有時候出任務瞎轉轉落單了，他都能不高興。

我真不懂他！也沒人能給我解答。後來我想起了小遊巡，打電話給他，他才告訴我原來他們也經歷過這些彆扭，教我要怎麼做。

那之後我們就變成聊這些心事的好朋友。好朋友都會吵架的，更何況是面對喜歡的人呢！就算曾經是好朋友，心境轉變了，還是有很多觀念需要磨合的。

陰間和人間、銀河系的往來逐漸頻繁，我和范無救也越來越忙碌，但還是一直形影不離，我們在人間執行任務，總是並肩走著，平起平坐，閱過人間風景無數，生老病死天天上演著，他偷偷在身後勾起我的手，我們拉著手往前走，以後還有很多很多時間，我們還要一直走下去，長長久久，歲歲年年。

（完）

◇你的夢不是你的夢：夢境是怎麼產生的？

——每晚的夢其實都是一群演技派的心血結晶——

文／東波

「啪嚓」，捕捉到熟悉的快門聲響，紀謝哲腳步停滯僅僅一瞬，隨即若無其事邁過門檻，跨進網路上出名難吃的鐵板燒店。

雖位於精華地帶，可晚餐時段，店內也不過零星幾個想挑戰自己腸胃接受程度的年輕人，濃濃的烤焦氣味迎面而來，苦澀嗆鼻，即便聞習慣了，紀謝哲仍是敬謝不敏，加快腳步遠離煎檯區。

從牛仔褲口袋翻出手機，給標註為經紀人老王乾爹的人打電話，他一面熟練地避開其他客人的目光範圍，一面對接通的電話輕聲說：「我剛又在店門口被拍了。」

話筒那頭頓住幾秒，才沒好氣地說：「看來你最近真的太少上節目了，居然連單獨去吃鐵板燒店都要拍，不如有時間我幫你排幾個訪談節目通告，或是一些名流餐會刷臉？」

「千萬不要。」一路穿過用餐區，紀謝哲壓低頭上的鴨舌帽，「我專長演戲，興趣只有演戲，就是一個為演戲而生的人，參加其他應酬只會嚇到舌頭抽筋說不出話，求小心呵護啊。」

「……你就吹吧。」很想從電話那頭爬過去研究對方的臉皮怎麼長的，老王沒好氣的說：「既然你不想上節目，那你打電話給我做什麼？」

「乾爹大人，我想讓你壓個新聞，別連我出入鐵板燒店都報啊。」

對面嗤笑一聲：「壓什麼？你是影帝又怎樣，這麼久沒出現在螢光幕前，還有人鍥而不捨要拍你就該偷笑了，還壓什麼壓，想不想要知名度啊你？」

拐彎進了廁所，紀謝哲張望片刻，確認周圍沒人，才大步走向掃具間，「知名度當然要，但我不想要又被報導喜歡吃地獄食物……你想想，別人家的粉絲都替他家偶像準備美食，只有我家的總是寄胃藥給我，要我怎麼開心得起來。」

似乎是回憶起自家藝人塞滿儲藏櫃，且數量仍有上升趨勢的胃藥收藏，老王渾身一激靈，真找不到話反駁，「行吧。」

獲得肯定答覆，紀謝哲剛鬆口氣，又馬上被老王補刀一句：「但我幫你壓掉一次也沒用，我記得這次你還要在那邊待一個月吧？整整一個月都往那裡跑，總不可能每天都讓我幫你注意有沒有人拍你，幫你壓掉喜歡吃地獄食物的事吧？」

「……」非常有道理，紀謝哲無話可說。

「要我說，與其找我，你不如去找那邊的負責人，讓他們以後別專找那種地方蓋攝影棚，怪引人誤會的。」

嗯，依舊是非常有道理，紀謝哲無條件附議，可惜身為一名打工仔，他也無條件反駁上司的意見。

「乾爹，您說我一介小小影帝，就靠那些長官發工資餬口，能說服他們嗎？」

「……你的意思是說，你說不動那些長官，就來騷擾我？」

被說中內心話，紀謝哲臉不紅氣不喘，淡定撥弄眼前模樣潔淨，狀似從未使用過的掃具，確保製造出來的雜音足夠遮掩自己大半話音，才輕聲說：「唉呀，怎麼忽然收訊這麼差？老王你還在嗎？我還等著聆聽乾爹的諄諄教誨，怎麼就突然斷訊了？」

語畢，他將手機掛斷收起的動作異常俐落，顯然經驗老道，對這一套脫身手法得心應手。

大約能猜到經紀人此刻的暴跳如雷，紀謝哲十分沒誠意地愧疚三秒，就立刻將眼睛湊近本被掃具擋在後頭，鑲於牆面，外觀簡陋低調的眼膜掃描鎖。

「嗶——」聽見代表檢驗通過的電子音還沒結束，他面無表情，又將手指壓上另一邊的感應器。

連串動作後，紀謝哲靜候三秒，前方看似平凡的磁磚牆壁，竟忽然分往兩側移動，露出普通鐵板燒店絕不該擁有的祕密空間。

眼膜及指紋鎖不過協助他開啟第一道門，舉目所及，他還能看見門後筆直走道底端，連著另一個金屬自動門，邊上一臺監視器與對講機，似乎是要刷臉，讓裡頭的人替自己開門才行。

鐵板燒店裡為什麼會有這種地方？

面對詭異場景，紀謝哲沒表現出半點疑惑，神色鎮定，甚至毫不遲疑踏入其中。

剛站穩，他身後的牆壁便緩緩閉合，再度抹滅掉這處空間對外的存在感，不僅外人沒機會誤闖機關，進到內部的人也沒辦法隨意離開。

頓失外界光源，空間陷入黑暗不過幾秒，天花板便自動亮起大燈，將牆壁上高高掛起的巨大招牌照得清晰——國家夢境心理管理局總部暨特設攝影棚。

似乎是為了凸顯自己的專業程度，招牌旁貼滿了不同公家單位發下的許可證，上頭一個比一個氣派威嚴的印章與簽名，第一次見到確實十分唬人，讓人肅然起敬。

但身為常客，紀謝哲老早對此無感，連多看一眼的興致都沒有，逕自走到銀白金屬大門旁的對講機前，重重摁下，「我是紀謝哲，來拍戲的。」

「收到。」那頭疑似櫃檯的小姐聲音甜美：「歡迎紀影帝，局長請您去找他，要麻煩您在拍戲之前走一趟。」

「了解。我等下就去找局長。」

傳遞完必要資訊，只見紀謝哲身前的厚重大門緩緩敞開，霎時人群交談與走動聲衝出門外，全然表現出內部與外頭冷清店鋪，截然不同的忙碌熱絡。

向左右滑至最底，開門動靜吸引了恰好在門邊的人員注意，他們一偏頭，瞧見幾乎沒有多餘偽裝的影帝，並沒出現碰見大明星的興奮，僅僅親切喊道：「紀影帝，今天又來加班拍夢境影片啦？」

「是啊。」點頭，紀謝哲無奈地說：「要是我不來趕戲，開天窗可不是好玩的。」

夢境心理管理局，顧名思義，負責管理人民的心理健康及製作夢境。

有鑑於隨著社會變化，人民的心理及外界壓力與日俱增，憂鬱、躁鬱人口直線飆升，科學家們聯名提出夢境治療法，才建立了這個極機密部門。

依紀謝哲的白話翻譯，就是管理處一旦察覺對方精神狀態偏差，又或是想法有危害社會的可能，便會趁他睡眠時，每夜播放他們所製作的影片洗腦。

用途在於給予當事人暗示，從潛意識中改變目標的思考方向，甚至是最基本的抒壓，緩解緊繃情緒，也都在他們的業務範疇內。

好比如反社會人格，又或是有自虐想法的潛在分子，經由實驗證實，都能因為夢境中反覆給予的刺激，進而降低那方面的傾向性。

至於那些什麼將影片內容翻譯成波段，傳送到接收者腦中建構畫面，如果發現接收者容易忘記做夢內容，要經常調整波段頻率，優化接收能力的原理太過艱難——自稱專長興趣都只有演戲的紀謝哲，會來到這裡的原因，自然與其無關，僅是負責演出夢境影片。

也是因緣際會，紀謝哲剛出道就進了管理局，從跑龍套開始演，一直到拿了影帝，也成為了固定人員，長期負責系列影片中的主要角色。

畢竟夢境內容天馬行空，還常上句不接下句，要想演什麼都不顯突兀，哪能沒點演技傍身？幾乎是在管理局熬出影帝級的演技，身為老班底，他經歷過這不能見光的國家部門草創階段，從不受上頭待見，到現在逐漸受到重視，有了更多的發展空間——他就想問一句，上頭撥下來的經費多了這麼多，怎麼不換點更好的入口？

基於員工通勤方便，及大隱隱於市的原則，需要廣大占地的管理局，一概都會將入口設置於市區的難吃餐廳中，或掃具間，或儲藏室，這類非相關人員沒有機會接觸的區域。

放普通人身上，在餐廳逗留時間真沒多少人會注意。但若是偶爾會有狗仔跟拍的紀謝哲，在夢境片場苦熬的時間，可就得仔細精算。

天天在餐廳過夜傳出去不是什麼正常的事，為了打掩護，老王通常會於兩個小時後，到餐廳與他的替身碰頭，相攜離去好製造本人已經用餐完畢的假象。

這一來二往，難免造成了來拍戲，對外卻只能宣布來用餐的紀謝哲，有了喜愛地獄料理的名聲。

這讓他的社群網站粉絲們過往注意腸胃的貼心叮嚀，逐漸被各式地獄料理的介紹替代，讓他只能暗暗流下心酸淚，覺得自己過不久也需要一個夢境緩解壓力。

一路熟門熟路地與工作人員打招呼，紀謝哲站到局長辦公室門口，還沒來得及開口，大家都悄悄送上憐憫眼神，裡頭就傳來一聲驚天怒吼。

「你個沒腦子的，管理局是什麼地方？這裡可是機密重地，你怎麼可以濫用職權，竊取他人個資？」

木著臉，紀謝哲覺得自己很冤枉，掐了個局長正火大的時間來，難保掃到颱風尾。

不想進去分擔長官的怒火，他敲門的手僵硬停下，停格在原地，可還沒等他思考現在去避風頭的可行性，辦公室的門便突然打開。

和一名灰頭土臉，像是剛被暴風雨侵襲過，神情恍惚的西裝男當面碰上，紀謝哲的厚臉皮馬上發揮作用，露出面對粉絲時的優雅微笑，「嗨，你今天過得好嗎？」

不出意外，西裝男神色瞬間猙獰，留下一個「哼」，遂大步離開現場。

摸摸鼻子，這一番動靜就算想離開也沒機會了，局長肯定已經發現外頭有人，紀謝哲只能亡羊補牢地敲門，乖巧地說：「局長，您最貼心的打工仔來了。」

「別貧嘴，進來。」

聽到裡頭的人比起剛才冷靜不少的聲音，紀謝哲才放下心，連忙走進去，和正坐在辦公桌後，身處高位卻意外年輕，目測絕不超過四十歲的男子打招呼。

也算是被眼前的男子挖進管理局，撇開上下屬關係，紀謝哲和他的私交還不差，至少是對方聽他說完垃圾話，也不會氣憤到炒他魷魚的程度。

見局長按著太陽穴，十分疲倦的模樣。

紀謝哲瞻仰了一下他每次看到，都會為之震撼，對方辦公桌上疊得老高，卻不會倒塌的文件山，難得有了體貼的心。

「我說局長，剛發完脾氣，要不您休息一下？」

「哪有時間休息？」喝了一口涼透的黑咖啡，局長在他面前，有了幾分放鬆，「你也知道我們收集個資是為了什麼，要有人動壞心眼，可不是小事，當然得馬上處理。」

雖然不在相關部門，但身為老屁股，紀謝哲多少聽過這些年，隨著進入網路時代，管理局做出的配套措施。

以前，管理局重點關注的夢境治療服務對象，僅僅是曾到醫院或心理諮商室就診的需求者。但現代人忙碌起來，被時間追著跑，往往忽視憂鬱前兆，錯過最佳治療階段。

因此，管理局特意隨大流，在社群網站設置許多表面上與網路流行的小遊戲無異，實則是由心理學家設計的測驗。

這類不過回答幾個問題，就能更了解自己的測驗在網路上接受度很高，只要適當的推廣，人人跟風去玩，管理局就能透過測驗結果，找到更多需要夢境治療的人。

此外，為了讓夢境治療更容易被做夢者接受，管理局還會利用測驗得來的網路資料，找到當事人朋友的照片，將夢境中出現的人物，全部改成他們的模樣。

如此一來，大家不僅在治療時能更有代入感，還可以避免人人做夢都看到同張演員的臉，肯定會引起風波的情況。

尤其是紀謝哲那張眾人熟知的影帝臉，怎麼可能不引發討論？

剛聽說這項改變，紀謝哲就想起先前助理拿給自己玩的測驗，似乎也有要求透漏隱私資料的許可說明，不過他每回碰到從不細看，隨意點過，沒料到當中還有這麼多門道。

管理局要求隱私資訊的目的，不過是要當事人的朋友照片，並無多餘用途。但架不住工作人員心懷不軌，妄圖從中竊取個資，想要移作他用。

明白事情的嚴重性，紀謝哲神色一正，也不騷擾局長，直接問：「既然部長這麼忙，還找我來做什麼？」

他記得自己提早把這週的進度全部拍完了，堪稱優良員工典範，總沒什麼能被上司關懷的部分吧？

「這份資料，你看一下。」動作俐落地從顫巍巍的文件山中找出一本檔案，局長遞到紀謝哲面前。

查覺到加班的徵兆，他接過，無奈地打開，只見上頭不是自己原先猜測的新劇本，而是一個陌生人士的調查資料。

白淨且打理整齊的臉龐，配上嚴肅緊繃的神情，不過是一張資料上的制式大頭照，紀謝哲都能感覺到一股高冷範十足的禁慾感，單從對方僵硬的表情看來，似乎是個再冷漠不過的人。

「這個人目前的研究很受長官們關心，是最近很出風頭的科學家。」看出他臉上的茫然，局長解釋：「長官的意思是，前陣子他疑似因為過度焦慮，在研究上有些卡關。偏偏他每天行程三點一線，不是吃喝拉撒就是實驗室，擠出的閒暇時間最多也不過追劇，沒多少紓壓管道……所以上頭交代我們負責這件事，千萬不要讓他的心理狀態過分影響研究進度。」

簡單概論，就是個太悶把自己悶出毛病的倒楣孩子，不知道該怎麼放鬆，得讓他們幫忙想法子。

品出點話外音，紀謝哲問：「你是要我負責演出他的夢境？」點頭，局長開門見山說：「長官說過，對方直覺很敏銳，觀察力極強，不是好呼攏過去的人。因此要演出他的夢境，必須要演技好一點的演員，絕對不能被發現有作假痕跡。」

紀謝哲雖然平時行事有些不靠譜，但能在管理局待這麼久，業務能力還是不用說，肯定對得起長官發下來的獎金，和家裡好幾座金燦燦的影帝獎盃。

闔上檔案，他在組織待得久，這裡的學者一抓一大把，自然深知某些科學家們，擁有極度嚴謹，較真到吹毛求疵的性格。

越想越覺得等加完班，肯定會磨掉自己一層皮。

紀謝哲不由皺眉，面露遲疑：「長官您也知道我這職業，太久沒露面肯定要上節目刷刷臉，討觀眾歡心。所以我先前拍完進度，覺得這週工作告一段落，就讓經紀人給我安排了些訪談節目……這案子，我怕是沒時間參與了。」

基於他另外一個身分的特殊性，紀謝哲在管理局的工作採責任制，不必每天到攝影棚報到，沒拖進度開天窗即可。

便如今日，他不過是來拍些瑣碎片段，好增加夢境的真實性，不必在這待超過三小時，要額外安排參加節目綽綽有餘。

頭也沒抬，局長說：「……我幫你漲加班費。」

聞言，紀謝哲嘴脣抿了抿，仍舊面有難色，「但老王已經答應別人了。」

總算捨得將目光從文件上拔起來，局長嘴角抽了抽，「我給你申請成專案負責，額外再讓長官撥一筆經費給你。」

「但……」

「戲別太過了。」重重闔上檔案夾，他皮笑肉不笑說：「你信不信，你再多說一句，我就讓你這個月的薪水意外性被扣光。」

識時務者為俊傑。紀謝哲向來是能屈能伸的代言人，完全不用醞釀，馬上就從哀怨為難的狀態，切換成熱衷工作的優良員工：「長官說得對！我愛加班，加班愛我！」

局長：「……」真不用到愛加班的程度沒關係。

事實證明，紀謝哲的憂慮不無道理。

接下案子不到兩天，他便發現導演和編劇愁眉苦臉，捧著厚厚一疊劇本窩在角落，兩人討論個沒完，連拍攝進度都顧不上，直接放了他們整個下午的假。

不祥預感猛然襲上，躊躇片刻，紀謝哲還是鼓起勇氣，過去問：「怎麼了？」

都是組裡老人，知情不過早晚的事，兩人也沒有要隱瞞他的意思，唉聲嘆氣地將上頭剛頒下來的新政策說出來：「長官說了，這時代求新求變很重要，所以上面交代咱們組內必須開發新項目，不然得扣經費。」

這年頭誰不是一個當三個用，績效好還得做開發，紀謝哲懂歸懂，還是不免跟著導演緊張起來，「那局長的意思是……」

表情麻木，編劇說：「局長給上面打的報告是，這次組內大改，將致力於延續傳統，以保留文化為目標，效法從前流傳的說法，聯合命理大師，開發預知夢的功能。」

紀謝哲：「……」說得好像預知夢是什麼文化遺產似的。

「以前我就有聽人家說過預知夢的存在，我並不意外組內開發這項功能，將這塊配合心理治療，做出科學化的系統整理。」

長嘆口氣，導演拍拍他的肩，一副難兄難弟的模樣，「但支持開發是一回事，難保之後政策正式實施，我們現在拍的劇本得大改。」

他們目前拍攝進度還算超前，耽誤一下午不算個事，就怕之後拍的成為廢片，不如先停機，靜候上面的意思。

不得不說，導演頗有烏鴉嘴的潛力。

隔天一早，他們便收到了新劇本的修改方針，要求他們從第二場夢後的劇情全部砍掉。

雪上加霜的是，恰逢進度告急，科學家療程卻從當日開始，不得改期拖延。

逼得他們只得連夜拍攝隔天的夢，搭景背劇本種種細碎事項，讓幕前幕後都忙得人仰馬翻，連放飯都不過扒上兩口，又要趕場上工。

對此，局長給每組都送了應援品，以表示精神上的支持。

捧著綠油精、白花油、口香糖以及咖啡的套裝禮盒，紀謝哲望著桌上來自不同目標，被分到自己手上，都得重拍的夢境劇本，開始思考換工作的必要性。

但轉眼一瞧，只見編劇邊抹淚邊灌咖啡，左右手邊各壓著來自心理學家及命理大師的分析，手指飛快地輸入新劇本的內容，他又歇了離職的念頭。

唉。比上不足比下有餘，他忽然覺得自己還滿幸福的。

這份幸福感，支持他拍完加場的進度，臨到半夜還有餘力，在一眾不顧形象，躺在地上睡成一片的工作人員中站得筆直，自告奮勇替早上漏發到的後製組，送去局長的應援禮盒。

基於隱私原則，後製組人雖多，但一個目標只會由一個人，在單獨一間辦公室中負責，且在整套療程結束前，都不會替換人員，以達到最少人知情夢境內容的效果。

沒有聊天聲在預料之中，但後製們連到廊上走動的次數都少，顯然各個埋頭在自己房間苦幹蠻幹，整個辦公區異常靜謐，鮮少人氣。

輕敲幾下門板，紀謝哲等不到人回應，索性直接推開他們專案後製分到的房間門。

放眼望去，約莫十幾坪大的房間內部，大半空間擺設足有人高的電腦儀器，不知作用為何的複雜面板上，各色儀器按鈕燈光明明暗暗，富有節奏地閃爍著。

催眠似的，讓紀謝哲看了，突然一股疲倦感湧出。

而裡頭理應沉浸於工作的後製，已經趴在工作檯上，口水流成一片，正睡得死沉。

瞥了眼後製身側放置，已經和局長文件有得比，垮下來能壓死人，加急送來的毛片，也不知道對方是不是忙碌許久，好不容易才找到空檔休息。

同為天涯社畜人，紀謝哲沒急著把人叫醒，將禮盒放下，便要悄悄離開。

可臨到門邊，他不放心地回頭確認後製狀況，目光卻剛好瞥到電腦螢幕上，已經傳送到一半，目前正在科學家腦中播放的夢境畫面。

不看還好，一瞧他渾身上下瞌睡蟲都飛了，只剩下難以消化的錯愕驚嚇。

——電腦螢幕上的夢境演示上，演員的臉居然都沒做處理，仍舊是演員自己的臉。

這下什麼關懷同事全成浮雲，紀謝哲一個激動，一巴掌就往後製後腦杓搧去，「小羅你這王八蛋，平時看你老實，沒想到一搞就搞大事！」

突然被打醒，小羅直起身，仍搞不清楚狀況。

紀謝哲的手已經伸過去，掰著他的頭扭向螢幕。

「你自己看看，你怎麼會還沒後製完，就把夢境播放出去了？」紀謝哲低吼，螢幕上的畫面剪輯完美，但缺了最重要的一環，只怕一切要完。

讓他的話嚇沒了睡意，小羅詫異地抬頭，在看到電腦螢幕上，已經要傳送完畢，全程沒給演員臉孔打遮罩的夢境，渾身的血都要涼了。

「我、我也不知道啊。」

事已至此，臨時要中斷傳送反倒更怪，小羅嘴唇發抖，猛然一撲半跪在紀謝哲腳邊，「紀哥我真不是故意的！我也不知道我怎麼會睡著，拜託你不要說出去啊！」

「你……」

把人扯起來，紀謝哲對著一張眼淚鼻涕橫行的臉，實在說不出重話，「你說你平常做事穩妥，怎麼會恰好漏了最重要的地方？」

幫演員的臉加遮罩，不僅僅是增加治療者的安心程度，更是對演員的一種保護。

治療者來自各地，癖性習慣截然不同，誰也說不準會不會有人因為一場夢，對現實中擁有相同面目的演員，做出移情遷怒的行為。

要真查辦下來，小羅絕不只是普通的撤職賠款，相關責任一通發作，後果不堪設想。

看出他神色間的掙扎，小羅哀求，「你也知道，為了預防我們單人作業有疏失，平常這些機器都會自動設定遮罩功能。但這回退回要重製的影片太多，裡頭關於治療者朋友的臉孔資料順序大亂，為了確保不會出錯，我才會關掉自動功能重新設定……」

按壓眉心，紀謝哲頭腦發疼，「所以你是為了要檢查資料有沒有問題，暫時關掉遮罩功能，沒想到之後因為太累忘記打開，就這麼把影片送出去？」

「是這樣沒錯。」

小羅不過二十來歲，有張嫩生生的娃娃臉，身形偏消瘦，又哭得身體一聳一聳，紀謝哲看他那副可憐模樣，莫名有種自己欺負弱小的錯覺。

知道這事不能開玩笑，沉思片刻，紀謝哲才在小羅惴惴不安的眼神中，說：「假如明天成果出來，有出現其他不良狀況，就不能怪我不留情，我一定得跟局長報告。」

馬上破涕為笑，小羅抽抽搭搭地說：「謝、謝謝紀哥！」

第一次被人感謝，還完全高興不起來。

紀謝哲轉身離開後製室，只覺疲倦感比剛才加重不少。

他也不確定自己這麼做對不對，但他看過科學家的資料，知道對方生活單純，斷不會因為一場夢，對夢中演員造成具體影響，才勉強答應隱瞞。

這麼想的他，過不到幾天，就知道自己的想像太過美好。

豈止是有影響，完全是大災難！

分明疲累，可心裡壓著事，讓紀謝哲一夜無眠，隔天掛著化妝都蓋不住的黑眼圈，腳步蹣跚抵達片場。

按照往日慣例，每次播放夢境完畢，他們都得召開一場小組會議，確認治療確實有效果，才會在接下來的進度中，繼續保持原本的拍攝風格。

過往經驗，他雖然人在席中，卻總將結果左耳進右耳出，不會太放在心上。

說到底，他不過是個演員，拿到劇本就演，結果對他沒太大作用。

可這回，他瞪著眼，比誰都還要專注地等著導演從長官那邊拿到結果，在檢討會上宣布。

差點沒讓紀謝哲過分灼熱的視線嚇壞，以為他是在暗戀自己，導演不自在的說：「各位，根據昨天機器分析的結果，目標今天心情愉悅指數比昨天還要上升五十個百分點，算是十分巨大的進步。」

特殊個案象徵成功的成果，除了免去額外修改後續計畫的麻煩，還代表之後極有機會得到一筆大獎金，組內人員自然歡欣鼓舞，一個個笑得燦爛。

唯一例外，便是今天格外不對勁的紀謝哲。

不是說這人很難搞嗎？突然夢到一堆不認識的人，沒產生懷疑就算了，還變得格外亢奮喜悅，到底怎麼回事？

對於結果，紀謝哲自然是替小羅感到高興，但心底難免產生疑惑。

沒想到焦慮半天，竟然得到值得嘉許的評價，叫人怎麼不吃驚？

注意到紀謝哲臉上沒有笑容，導演目光凝在他眼下兩抹黑眼圈上，也不知道誤會什麼，安慰地說：「老紀呀，這次有那麼好的結果，絕對有你的一份功勞！我看你臉色不好，肯定是昨天沒休息好，不然我們今天趕一趕，早點追到進度，就讓你回去休息？」

「謝謝導演。」紀謝哲應下，同時用火力全開的不 NG 演技回報，硬生生在晚餐放飯前，就搞定成品。

可額外獲得的假期，他並沒有回飯店補眠，而是一進化妝室，就給自己的經紀人打電話。

「老王，我還記得你之前說過，能幫我安排餐會對吧？」一接通，他就風風火火的說，活像是之前表明只要演戲，拒絕其他活動的人不是自己。

習慣了他的說話方式，老王頓了幾秒，就接續起話題，「怎麼突然想通要參加？不是說舌頭會抽筋嗎？」

「舌頭抽筋總比心臟抽筋好，老王你無法理解我現在的心情，根本睡不好覺啊！」捶胸頓足，紀謝哲語氣哀傷：「先說好，我要那種能拉投資的聯誼餐會，千萬別安排錯了。」

雖然不知道原因，但難得自家藝人有了上進心，老王備感欣慰，仍是決定幫他一把，「我不想知道你的心情，但幫你去要餐會邀請函還是可以……你晚點有空嗎？我去接你？」

「有空，就等乾爹翻牌。」鬆了口氣，得到經紀人答覆，紀謝哲愉快的掛斷電話，迅速整理起自己的包包。

即便鮮少參與聚會，在圈內混久，他多少還是知道拉投資性質的餐會，會吸引到那些人。

先前看資料，他有注意到科學家的壓力來源，除了研究進度外，還有經費短少問題。已經有了能拿出手的半成品，除卻國家資助，科學家要想填補缺少部分，最迅速的方式，便是出席這類餐會，拿出半成品找金主加盟，好延續未完的研究。

依照對方大約所需的投資額度，紀謝哲挑了最符合標準的那場宴會，洗梳打扮後趕到現場，果然發現對方也在裡頭。

雖說事情與自己沒多大相關，但答應協助隱瞞後，紀謝哲實在無法全然置身事外。聽到報告不夠，非得親眼確認演員沒打遮罩，對科學家有沒有額外造成影響，才能真正放下心。

遠遠望去，科學家一如資料大頭照的形象，眉目冷淡，薄唇緊抿，整個人透出不善交際的疏離感。

這樣的他，似乎正按捺著性子，用修長手指端住酒杯，客套地與人交談。

動作似有幾分僵硬，隨著他在旁人鼓譟下舉杯，一口飲盡杯中香檳的動作，紀謝哲只覺一身復古黑西裝壓在他身上，愈發襯得他白淨臉龐上的五官輪廓深邃，穩穩將西裝架起的寬廣肩背更是線條流利，並不因為膚色過白而顯得文弱秀氣。

看得出來，他也是屬於會想用舌頭抽筋來規避應酬的類型。

紀謝哲見他又被哄著喝下一杯後，神情仍是平靜，沒有半點不耐煩的模樣，才真正有了對方應該真的心情不錯的體悟。

舉止能假裝，眼神卻無從隱瞞。

紀謝哲長期鑽研演技，對微表情頗有見地，自然能從對方眼中細碎的愉悅，分辨出他算得上不錯的情緒狀態。

不懂紀謝哲莫名的沉默為何，發現他東張西望，老王還以為他開始覺得煩躁，想趕緊繞一圈，刷完臉就撤退，便主動說：「我知道你不喜歡應酬場合，走吧，我帶你認個人就走。」

觀察科學家的目標已經達成，紀謝哲胸口大石頭落地，心情正好，就不跟往常一般討價還價，任由老王拉著自己，到處和大導演及老闆打招呼。

但沒想到，這一繞，最後竟把自己給送到了科學家面前。

紀謝哲感受到對方在自己一靠近，就吸附過來的目光，不禁額頭冒汗。

這是認出自己了嗎？

一個演員，一個科學家。雖然彼此之間真沒多少關聯性，但應酬場中當面碰上，禮貌性還是得自我介紹一番。

趁著經紀人和大老闆們聊天的空檔，紀謝哲主動朝科學家伸出手，笑說：「您好，我叫紀謝哲，比不上您聰明，也就演演戲。」

也不知怎麼回事，剛剛和其他人交談表現正常的科學家，有些出神地盯著他的手，直到他輕咳一聲，才緩緩握上。

「……我叫盛宴之。」

握手慢就算了，盛宴之連回話也慢。

猜不出對方突如其來的異樣，和先前那場夢有沒有關係，紀謝哲有些焦慮，隨便揮兩下手，就想鬆開，卻不想抽了兩下，都沒能搶回自己的手，反倒被握得更緊，捏得人骨頭生疼。

兩人雙手緊貼，交握時間一長，甚至能感覺到彼此掌心的隱隱汗意。

紀謝哲不解地看向盛宴之的臉，竟意外對上他眸底的一片黑幽，沒了方才純粹的喜悅，取而代之的是渾身僵硬，過分緊繃的神情。

沒事這麼僵硬做什麼？難道盛宴之對他觀感差勁，是基於禮貌，才克服心理不適，逼迫自己和他握手？

這麼一想，紀謝哲立刻回憶起，被誤播出去那場戲，當中似乎有好幾幕，是他必須在地上翻滾，東跌西撞的片段。

所以說，之前盛宴之會在做夢後感到愉悅，是因為他在裡頭得豁出去表演，狀態十分狼狽？

越想越覺得合理，不過短短幾秒，在紀謝哲眼中的盛宴之，儼然成為黑粉代表，真心想見他笑話那種。

黑粉他惹不起，離遠點總行了吧？

「原來是盛先生啊，盛先生名字真好聽。」顧不得禮貌不禮貌，紀謝哲猛一發力，趁著對方專心聽自己說話，救回了被掐到發紅的手，還藏到背後甩動兩下，試圖驅散屬於對方的溫熱觸感。

眼角餘光是盛宴之同樣把手縮到背後的舉動，紀謝哲撇了撇嘴，暗想對方大概跟他一樣，嫌棄又不能直說，只能彆扭得偷偷擦手。

相看兩相厭太痛苦，紀謝哲一想到之後還得繼續演出對方的夢境，情緒瞬即跌至谷底，備感煎熬。

假如他真是以看自己倒楣為樂，那要幫助他舒壓，不就要……不想繼續推測下去，紀謝哲只希望一切都是自己過於敏感，胡思亂想當不得真。

硬著頭皮，待在原地等老王打完招呼，他就以明天還要拍戲為由，趕忙拉著經紀人撤退。也不知道是不是他的錯覺，盛宴之的視線似乎一路追著他跑，要把背燒穿個洞似的焦灼，讓人渾身不對勁，厚臉皮如他，也受不住加速逃跑。

興許是一整天提心吊膽，紀謝哲幾經折騰回到飯店，沾床不過三秒，意識便逐漸遠離，徹底陷入夢境。

夢中的自己不停被人催婚，親人們你一言我一語的連番轟炸，讓他轉醒後深感睡了場假覺，竟是越休息越累，眼皮沉沉耷拉下，迷迷糊糊看著路。

直到紀謝哲在現場看到臨時更改的劇本，死死糾纏眼簾的倦怠，才悉數成為激動。

「這劇本怎麼改成這樣？」

望著同樣是被家人逼婚，後半段內容與自己昨天的夢有七八分相似的劇本，他一口氣差點沒換過來，給自己的口水嗆住。

仍在趕稿地獄，編劇心如死灰，手指飛快在鍵盤上跳躍，聲音平板地說：「不就是昨天我們收到占卜部門通知，說他有好姻緣上門，要我們多給他補段預知夢的內容。」

那段夢是象徵有桃花運上門？

紀謝哲微笑以對，心中卻是對此不以為意。

他這陣子都待在片場，這裡每個人光是趕進度就心力交瘁，哪有閒工夫勾搭？

讓小插曲打亂思緒，又過了幾天平靜日子，紀謝哲都快忘了那天聚餐發生的事，療程正式進入中後半段的第一回檢討會，又狠狠將那些回憶拉到他面前，讓他不得不正視。

捧著資料，導演臉色難看，說：「這陣子夢境帶來的效益越來越差，甚至到了前幾天的桃花預知夢，目標的心情指數更是到了一個離譜的新低點。」

「怎麼會這樣？」編劇盯著報表數據，整張臉發白，「之前那場夢不是很好嗎？怎麼按照原風格排定夢境內容，效果會差這麼多？」

唯一知道真相的紀謝哲動了動脣，心中翻湧憤怒——這傢伙，後頭沒看到他被虐，還蹬鼻子上臉，不高興了是不是？

長嘆口氣，導演眼神忽然飄了飄，輕輕在紀謝哲臉上晃過，愧疚地說：「事情就是這樣，所以長官特意派人去觀察了目標……發現他閒暇時間追的劇，大多是老紀有演的，像是《鴻雁南飛》、《香里間》之類，他都很常拿出來看。」

自己的名字與盛宴之牽扯在一塊，紀謝哲第一反應不是擁有了忠實粉絲，而是認真回想自己在那兩部片中，飾演角色的故事內容。

果不其然，無一例外都是極具悲劇色彩的角色。

錯把紀謝哲憤慨到顫抖的肩膀，當作遇到死忠的激動，導演毫不猶豫拍板定案，「所幸我們組裡就有影帝本人，在沒能更深入研究目標前，我們先將戲劇內的經典場景，套用於夢境當中，舒緩前幾日夢境為目標帶來的反效果。」

紀謝哲：「……」

真是怕什麼來什麼。

導演大概也沒想到，自己在重新制定拍攝方向前，隨意抓來墊檔的內容，不但回饋極佳，讓目標天天都是好心情，還順帶使紀謝哲即將結束的加班排程，變成遙遙無期。

曾經有一回，紀謝哲生病，導演沒法逼著人發高燒還躺到泥濘堆裡，便找了替身來演，念想著最後再讓小羅上後製，把臉改一改就是。

沒料到，隔天數據立刻由紅翻黑，一直到正主出馬，才回歸正常水準。

誰能想到作夢也能認出摳圖？

依照目前情勢，盛宴之只要一天沒夢到紀謝哲，心情就像坐雲霄飛車，一跌到低，絲毫起色也無，讓他根本沒法脫身。

從前出道，紀謝哲的定位是偶像，為了轉型，這些年他拍了不少必須上山下海，在泥巴、石頭路上打滾的戲，以證明自己已經成熟，正式進入演技派。

而今要重拍，紀謝哲是苦不堪言，只覺得盛宴之絕對是針對自己，在他的加班之旅上添加不少坎坷。

生生熬了大半個月，眼見新劇已經有了該進組的苗頭，紀謝哲再也無法佛心等待一切結束，當天拍攝結束後，就直接摸到小羅後製室。

「小羅啊，你說你紀哥現在這樣，是不是有你的一份，你是不是該幫我？」將胳膊壓在小羅身上，紀謝哲輕聲說，刻意低啞的嗓音十分有誘惑力，讓青年滿臉通紅，也不知是羞是惱，老半天說不出話。

「嗯？」又是一聲，早已愧疚多日的小羅禁不住誘哄，撐不過五秒就答應了他。獲得小羅首肯，紀謝哲也不拖延，登時躺到一旁的沙發椅上，準備進行計畫——潛入夢境。

在紀謝哲的臆測中，盛宴之想見的就是自己出糗，要他更動了夢境，使報表最終統計不再是效果卓越，這份沒完沒了的加班，就能看見盡頭的曙光。

為此，他找上了有辦法將兩人腦中意識於夢中相連的小羅，暫時抹掉夢境中自己飾演的角色，再由他本人的意識替補上，好方便搞破壞。

他計畫著，只要盛宴之理解，沒辦法一直在夢中見到他狼狽的模樣，應當不會繼續依賴夢境，導演才方便換上正規治療方案。

這麼一想，他潛入對方夢中，試圖斬斷這層亂七八糟的關係，也算是為盛宴之好。

視線跟著翻出不少儀器，讓他裝到身上的小羅移動，紀謝哲把頭罩安上，才剛在思考今天要播的夢是自己的那一部片，就在儀器啟動，強烈暈眩感湧現後，失去意識。

知覺再回籠，他察覺自己正躺在破爛漏風的茅草屋中，四肢沉重，渾身發冷，幾縷雜亂長髮垂在眼前，讓他看不清眼前景物。

「原來今天播到這部啊……」

不久前才重拍的場景，無需過多思索，紀謝哲就能分辨出，是他少數出演的一部古裝劇。這部片中，他所接演的男主角人生跌宕起伏，主角光環少得可憐，有大半時間都在重傷落拓中度過。

要不是結局功成名就，這麼一部主角經歷慘絕人寰的片，恐怕編劇走在路上都得小心讓劇迷蓋布袋痛毆一頓。

環顧周圍，既是身處連遮風避雨都成奢望的屋子，很顯然他正進行到的部分，絕對不是歡喜大結局時的意氣風發，而是中途觀眾看得一把鼻涕一把眼淚，分外虐心的狼狽階段。

耳邊響起腳步聲，紀謝哲還在等闖入別人夢境的暈眩感消失，聲音來源便推開老舊門板，筆直往他的方向走來。

是同樣身著短打古裝的盛宴之。

做夢一事，有人清醒便忘得乾淨；有人能長篇大論說出昨晚夢了什麼——這一概差別，來自於個人對傳送電波的接受程度高低。

紀謝哲記得，前些時候部長說過，現在基地臺越蓋越多，訊號遍布各鄉各鎮，他們藉由基地臺傳送電波的成功率與日增加，有的人除了單純看他們播放夢境，甚至開始能用個人意志影響部分夢境片段。

很顯然，盛宴之便是這類人。

尋常人只能依照夢境劇情更動視野位置，他則是能在夢境範圍內自由行動，甚至還能湊近紀謝哲，眼看著還伸出了手，也不知道想做什麼。

突然抬眼，紀謝哲瞪向盛宴之，對方的手果然停下，尷尬地落在半空，似乎是讓人逮個正著，不敢繼續冒犯。

夢境最是能體現人潛意識的念頭，饒是盛宴之平常再面無表情，到了夢中也給扒下層面具，稍有心思全被體現出來。

只見紅暈從他頰側一路延伸，迅速燒熱整個臉龐，狀似有些羞澀……但在紀謝哲眼中，全成了被人撞見壞事的惱怒。

盯著盛宴之打從被他發現，便不再前進的手，紀謝哲很難不往壞處想——不會是想掐自己一把，卻被目標撞破，所以心虛了吧？

「你想做什麼？」不想冤枉好人，紀謝哲決定給他一個上訴機會。

盛宴之卻是眼神閃躲，話說了老半天也交代不清楚：「沒、沒什麼，我沒想做什麼。」

手都快貼到他臉上了還叫沒什麼？

愈發覺得這是作賊心虛的象徵，紀謝哲並不是坐以待斃的性格，下一瞬間就猛然往前撲，直接將渾身僵硬的盛宴之撞翻在地，自己單膝跪地，跨在他身上。

他只顧著怎麼方便怎麼來，渾然不覺自己的動作多不雅，反倒對奪得居高臨下的位置分外滿意。

誰讓盛宴之長得高大，紀謝哲就算鼓勁挺直身體，頭頂也不過挨上對方下頷，做什麼氣勢都先矮上一截，只好出此下策。

眼見盛宴之似乎讓自己奪了面子，耳垂氣出血紅一片，他更是氣勢高漲，質問道：「沒有想做什麼？」

本意不過是讓盛宴之發現夢境不如預期，無法順利看見他的醜態。紀謝哲略一思索，乾脆將這主角後頭打臉女反派，堪稱整部片他最耍帥的劇情提到前面來用。

手指一勾，將盛宴之的削尖下巴捏在手中，紀謝哲逼迫他直視自己，湊近距離，直至雙方的灼熱呼吸互相交疊，再分不清屬於誰。

沉下臉，他陡然凌厲的眼神，似乎真鎮住了盛宴之的最後一點掙扎，只能傻愣愣地望著身前英朗俊秀的強勢男子。

「別以為我不知道你在做什麼。」淺勾唇角，紀謝哲冷聲說：「你最好聽話點，別再來招惹我，不然……」

不然什麼？紀謝哲來不及說完最關鍵的臺詞，便忽然眼前一黑，再睜眼，視線所及已經變成滿臉擔憂的小羅。

「怎麼會是你。」按著剛跳脫夢境還犯暈的頭，他歪歪坐起身，仍有些恍惚。

連忙把人扶好，小羅臉色怪異，「是對方情緒過於激動把自己弄醒了，紀哥你才會跟著提早離開夢境。」

「激動？」眼神一亮，對這結果很滿意，紀謝哲笑著說：「提早醒來沒關係，只要能夠達成目標就好。」

「但是……」眉頭深鎖，小羅嘴唇動了幾下，最後還是什麼都沒說。

自然有注意到小羅欲言又止的模樣，紀謝哲因為第一次潛入夢境極不適應，精神消耗劇烈，沒了追問的興致，擺擺手便離開後製室。

本想明天再問個清楚，隔天一早的檢討會議，卻提早給了他答案。

拿著新統計出來的結果，導演眉飛色舞，似乎已經看到獎金在自己手中，「各位！昨天目標的心情指數又往上飛升，聽長官說今天他到實驗室後，一下子就把卡關好幾日的進度做出來，這代表我們離成功又往前了一大步！」

紀謝哲面無表情，「……恭喜。」

導演笑得快見不著眼睛，整張臉皺成一團，「恭喜什麼，應該是同喜！老紀還要再麻煩你撐一陣子，等到目標做出成品，我做主請你們吃一頓好的。」

點頭，紀謝哲僵硬的笑著。

此時此刻，就連美食也無法挽救他無限沉淪的悲傷。

他終於明瞭當時小羅為何出現複雜的神情，想必是藉由同步觀測數據，發現目標的確是激動，卻與他們原先預計的氣憤不同，源自於強烈的愉悅，大有宿願達成的滿足感。

說好的被逆襲很不爽呢？

紀謝哲表示，一次不行，他就啪啪打臉三次、四次，總能讓盛宴之認清現實。

但最後，滿懷雄心壯志出發的是他，被重新教會做人的，也是他。

又一次霸氣外漏出現在盛宴之面前，紀謝哲總算認清，對方臉上的血紅應該不是因為氣惱，而是情緒亢奮，過度害羞喜悅導致。

鬆開捏住盛宴之頰肉的手，紀謝哲正想後退，隨著作夢多次，行動越來越俐落的盛宴之忽然反扣住他的手，流露出期盼的眼神，又把他的手按回自己臉龐。沒有說話，紀謝哲卻能讀懂他的潛臺詞：求撫摸、求捏臉。

紀謝哲：「……」

他突然有種不好的預感。

頂著一身雞皮疙瘩，他脫離夢境後久久無法回神，老半天才直起身，與同樣滿臉一言難盡的小羅對視。

這回，終於不再欲言又止，小羅哭喪著臉，問道：「紀哥，你有沒有覺得……我們好像誤會什麼了？」

紀謝哲眼神放空，喃喃自語似：「該不會，我真的有個實驗宅的死忠粉？」

如果是這樣，那對方喜歡看自己演悲劇又是怎麼回事？分明他也演過不少陽光少年，甚至金手指我有，天下在我手的偶像劇都有，怎麼會老挑他特淒涼的片子看？

心裡憋不住事，面對死忠粉更狠不下心。隔晚，發現只要自己在，對方就不會掉心情指數，徹底放棄掙扎的紀謝哲，在盛宴之驚訝的目光下，直接問了出來。

「我說你不是喜歡看我演戲嗎？怎麼也不看點喜劇，淨挑悲劇看，害我老覺得你討厭我。」

他本以為自己問這種自戀狂般的問題已經夠羞恥，殊不知面癱實驗宅的內心，遠比他想像的更加細膩。

小心翼翼地在紀謝哲身邊坐下，盛宴之開口，緊張到整個人聲音都在飄，似乎隨時會斷氣，「我每次看那些片段都覺得很心疼，就、就想如果有一天能到那部片裡陪伴你，該有多好。」

紀謝哲老流氓快三十年，頭一回有人對他說這種話，一時之間，竟也被傳染了窘迫，冷不防被小悶騷一撩，不知道該如何回應。

所以，小悶騷夢到自己演悲劇會愉快，是因為夢想總算達成，能在他需要的時候，陪在他身邊？

從沒想過這麼偶像劇女主角的待遇，會發生在老王口中臭不要臉的自己身上。

紀謝哲費了老勁，才把臉一板，老父親勸閨女別追星似的，語重心長地說：「那都是演戲，你緊張什麼？」

「我知道是演戲。」羞澀一笑，盛宴之側過臉，用溫暖目光包裹他，「但看到了就是會心疼，演那種戲很辛苦吧？」

馬的，老流氓不想承認，自己被這話弄得心跳漏掉一拍，「上頭發工資的工作有什麼好心疼的，你也入戲太深了吧？說不定我就喜歡這樣。」

夢境中體現出的本我總是特別坦率，盛宴之在偶像面前，只要對方一問，即便平時再怎麼矜持內斂，還是守不住嘴巴，劈里啪啦通通倒了出來。

他平時興趣不多，除了實驗紀錄上的數據，對於生活幾乎沒有多少熱情，閒暇時間也就看看網路節目，聊勝於無打發過去。

說來也是緣分，他認識紀謝哲並不是因為廣為人知的戲劇作品，而是他近期鮮少接觸的綜藝節目。

出道初期，還沒多少底氣拒絕配合宣傳，那時的紀謝哲分明不喜，仍是跟著老王的安排南征北討，上遍無數的綜藝，刷遍了臉。

紀謝哲所謂的緊張到舌頭抽筋自然有假，他在綜藝節目上表現不俗，刻意抹去流氓氣息的他依舊保有分外滑頭的本能，張口就能逗得大多數的人哈哈大笑。

若僅僅如此，盛宴之還不會對他上心。

但在他即將關掉手機時，主持人為了配合宣傳，讓紀謝哲現場演出一段戲劇，他不過隨意掃過一眼，就忽然挪不開眼，被對方陡然轉變的氣勢，以及莫名散發出的光芒吸住目光，成為了粉絲。

就像是從來平靜無波的數據，突然出現亂碼。他看得出紀謝哲上節目，有時會走神，表露出幾分疲態。

那副漫不經心的模樣，與此刻在臺上發光發熱的姿態成為對比，彷彿被啟動了發條，時光在他身上得到流轉，短短一瞬，便將人徹底捲入屬於角色的喜怒哀樂，讓他這般無趣的人，也能摸索到截然不同的情緒。

從戲劇到日常，一如盛宴之做實驗的專注，當他對一個人有了興趣，便會專心一意的追隨。

從片花到節目花絮，甚至是偶爾紀謝哲被逼著開的直播，他躲在小小的實驗室中，默默看完還不夠，回到家或休息室忽然感覺生活枯燥時，又會忍不住再重播幾遍。

搖搖頭，他說：「我知道你不像電視上的那樣成熟，其實很任性，也根本不喜歡吃地獄料理，雖然不知道你為什麼常出現在那種餐廳，有時候還需要替身掩護，但每次報導中，你本人從餐廳走出來的樣子都很疲倦，看起來完全不像吃完美食心情愉悅該有的反應。」

「你怎麼會看得出來是替身？」沒想到眼前的人會說出自己這麼多祕密，紀謝哲瞠目，喉嚨忽然乾澀，艱難擠出話語。

完全沒有猶豫，盛宴之理所當然地說：「怎麼可能看不出來？那個人身體比例根本不對，你的腿應該比他還要長一公分啊！」

紀謝哲：「……」

他總算知道，為什麼之前的夢境找替身，會被看出是摳圖。

人肉身高機，簡直不要太逼死替身。

衝擊過大，思考老半天，紀謝哲能想到最好的誇獎，只剩下局長對自己的萬用對付法：「那什麼，我讓人給你加薪。」

大抵是平時不愛笑的人突然溫柔起來，分外讓人無法招架，盛宴之猝不及防的爽朗一笑，在這一瞬間閃瞎了紀謝哲的眼。

「好。都聽你的。」

這什麼小狼狗的寵溺發言？

老流氓無法招架，這次不等對方醒來，便自己逃離夢境。

醒來再度對上小羅的臉，紀謝哲老臉一紅，惡聲惡氣地先吼了句：「沒看過有死忠粉的影帝啊！」

確實沒看過被死忠粉嚇跑的影帝，小羅膽小不敢說，只細聲問：「那紀哥你明天還來嗎？」

總覺得現況已經與原先目標有所偏離，他實在不敢猜測紀哥的需求是什麼。

「他心願都達成了，我還來做什麼？」

從沙發蹦起，紀謝哲氣急敗壞向外走，在小羅以為事情就此告一段落時，他又走了回來，粗魯地說：「為了怕你明天還會把影片搞砸，我會再來監督你。」

小羅：「……」

語畢，紀謝哲風一般快速撤退，留下一臉呆滯的小羅。

原來，悶騷也會傳染。小羅滿臉滄桑地想。

不停用對方會發現是替身，一定得親身上場為由，紀謝哲在小羅一天比一天複雜的眼神中，天天到盛宴之的夢境報到。

即便是新劇開始，他也奮力壓縮休息時間，死活湊出點空暇，跑去後製室入夢。

一日一日，要不是編劇送劇本時，通知他明天就能殺青這個專案，他都要忘了自己的初衷，本該是為了結束加班。

捏緊劇本，他強作鎮定：「殺青了？」

沒看出他的異常，編劇笑著說：「目標的情緒已經恢復穩定，實驗也有成果，聽說上面還根據他的實驗成果替他分派了新工作，有了完美結果，我們的專案當然不用繼續下去。」

「是喔，那真是太好了。」紀謝哲說著，笑著，笑意卻沒透進眼底。

習慣真是太可怕了。老流氓一向以自己的瀟灑不羈為榮，沒想到自己竟然會有一天，為了加班要結束，心中有所失落。

夢境結束，他還是他的影帝，小悶騷還是那個不苟言笑的實驗宅，兩個人根本不會有交集。

一想到這，他就有些憋扭，怎麼自己被撩這麼多遍，對方都以為是夢，根本不用負責？

越想越不甘心，紀影帝的具體表現就是一連缺席對方夢境三天，想晾一晾對方。

本以為盛宴之會像先前發現是替身，情緒陡然轉壞，需要他回去救場——不料，導演那邊按照慣例給他數據變化時，他看到的會是一路往愉悅爬升的指數變化。

說好的死忠粉呢？

你家偶像都不見了，怎麼也不緊張一下？

莫名生出被始亂終棄的怨氣，紀謝哲在播放夢境的最後一天，又殺到了後製室，差點沒把正在吃泡麵的小羅噎死。

見到來勢洶洶的影帝，小羅很有眼色地放下碗，把已經收起來的設備拿了出來，看紀謝哲的眼神像是在看一場悲劇結尾的偶像劇，主角正在踏上生離死別的不歸路。

紀謝哲：「看什麼看！沒看過盡忠職守來加班的人嗎？」

小羅不敢說，他覺得紀謝哲比較像是來砍負心漢。

再一次進到夢境，怒氣沖沖而來的紀謝哲無暇顧及其他，直撲目標而去。

「你……」盯著一見到自己，眼睛就發亮的盛宴之，他的怒氣驟減，忽然不明白自己到底在做什麼。

鬼使神差，明知道對方什麼都不知道，紀謝哲還是忍不住刁難：「你見到偶像，沒有什麼其他的話想說嗎？」

突然的沉默降臨，他看著從前侃侃而談的盛宴之皺起眉頭，似乎在猶豫什麼，都快燒乾他的耐心，才輕聲說：「再見。」

……呵呵，再見。

原來死忠粉的死，是氣死人的死。

完全不想聽盛宴之繼續說，紀謝哲快速離開夢境，把設備扔給小羅，便忿忿離去。

都說了矇矓美，離偶像近了，就覺得和偶像聊天的機會不值錢了是不是？

紀謝哲素來心大，許久沒讓人氣到這地步，竟是一整晚都睡不好，隔天又掛著黑眼圈去夢境劇組，找局長領新案子的資料。

精神不佳的情況下，當他打開局長辦公室，發現裡頭站著的另一道身影時，還以為是自己怨念太深，才會看到幻影：「局長你看看我的眼睛是不是有睜開，我該不會是在夢遊吧？」

「胡說什麼，還不進來和我們局裡來的新顧問打招呼。」皺起眉頭，局長沒好氣地說：「說來也是緣分，盛顧問先前也是我們局裡的服務對象，沒想到做的研究也跟夢境及腦波有關。恰好先前的顧問因為盜取個資被開除，盛顧問才被長官調來幫助我們。」

紀謝哲：「……」

既然都當了顧問，肯定是對局中的運作方式，以及相關細節有所了解。依照對方都能當人肉身高機的能力，紀謝哲有九成的機率肯定，他已經知道了自己親自潛到夢境的事。

難怪對方會在被調職後，就算發現自己不見，依舊心情愉快……恐怕在最後一個夢裡，對方說的再見意思是……

不能在局長面前表現出與他熟悉的模樣，紀謝哲木著臉，伸出手，「盛顧問，久仰了。」

同樣伸手，盛宴之面無表情的握上，手心卻是意外灼熱，一如他映著紀謝哲的目光執著，燙得人坐立不安。

「先前在餐會上有幸和紀影帝打過招呼……」

緊緊捏住紀謝哲的手，盛宴之唇角笑意一閃而逝，「沒想到這麼快，我們又見面了。」

新上任的顧問語氣冷淡，要不是幾乎要把指甲摳進他的肉裡，紀謝哲都要以為，對方已將夢境發生的一切給忘得徹底。

——誰想跟你再見。

他暗暗埋怨，嘴角卻跟著揚起，那弧度恰與他反覆吐槽的對象如出一轍。

（完）

◇吳剛為什麼伐桂？

——為了成全一對妖精害吳剛在月宮不停伐桂？——

文／黑蛋白

相信大家都聽過吳剛伐桂的故事，大概是說，有個叫吳剛的男人，他頂天立地、他聰明絕頂、他溫文儒雅、他顧盼生姿……呃，他不怒自威，總之呢，讚美男人所有的美好詞句放在他身上都不為過的。

是，他就是如此美好的一個存在。

可惜，人都有短版，吳剛不巧也有，他的短版就是「懶」。

相傳，吳剛其人進山拜師學藝修仙，師父為了磨砥他的性情，一開始先教他學醫，誰知吳剛學了三天就膩了。

師父一看好吧，又教他下棋，這回吳剛學了兩天就受不了放棄了。

師父再一看，明明是個好苗子，放棄了可惜，那一咬牙、一跺腳，好吧！想學長生不老術，想修仙是吧？老夫教你了！依此子根骨與悟性，保不定真有仙緣，那就會安定下來好好學習了吧！

呵呵，師父你天真了。

吳剛這回更絕，他學了一天就不學了。

師父一聽，氣得吹鬍子瞪眼睛，哇啊啊啊啊險些一口凌霄血噴在這逆徒身上，當場摀著胸口，一揮袖把人送上了月宮。

吳剛醒來後，發現師父留了封信給他，痛罵了整整六十頁紙，把吳剛前世今生一個個揪出來罵個透徹，最後留了一句：逆徒，你便好好在這月宮中伐桂！這棵桂樹一天沒倒，你就一天不許離開！哼！

那個「哼！」簡直神來之筆，吳剛彷彿看到師父一臉白鬍子，湊到他眼前噴氣的樣子。

於是，吳剛最後只得留在月宮中伐桂，這一伐千百年就過去了。

嗯？你說，我怎麼知道得這麼詳細，彷彿躲在吳剛床底下偷聽的？連師父那個「哼！」都真實呈現？這個嘛……因為，我是吳剛本人。

欸，就是那個罰跪的……呃，不，是伐桂的。

請多多指教，多多指教。

我想，很多人心裡應該都覺得，我罪有應得吧？好不容易生成一個曠古絕今的大男人，要是好好修仙，保不定這會兒都在天庭謀了個職位，吃起永生公家飯，每年勞健保俱全，三節獎金只多不少，年終還可以領個二十四個月。

聽說天庭制度完善齊全，退休金制度又好，好好幹上三千六百年就可以退休，看要去人間吃香火遊歷，還是申請一座仙山閒雲野鶴都行，別說過得多滋潤，也難怪仙人每個都氣色紅潤，臉蛋嫩得可以掐出水。

結果呢，就因為一個「懶」字，別說成仙了，這會兒還得天天伐桂，吃不飽也餓不死，雖說有可愛的兔子與溫柔的美人相伴，但人家住廣寒宮，我睡的卻是桂樹下，連床被子都沒有……

唉，心酸。

諸君啊，實際上我是被冤枉的啊！我哪裡是懶，我這人的短版是心太軟啊！什麼看到奶奶在路上扶一把、路見不平拔刀相助什麼的，簡直日常吃飯喝水一樣，那時候扶的老奶奶太多，我曾經三天內就收到七十張庚帖，我差點以為庚帖會自體分裂繁殖了。

當然，我自小深感自己仙緣深厚，也就不耽誤那些好人家的女孩了，索性拋下庚帖上山求仙了。別說，我前面那些可不是自我讚美，修仙這條路上，資質能比我好的人可不多，畢竟我從小聽得到妖言鬼語，與人外之物溝通起來別說多方便了。

要知道，所為修仙，根骨之外更重視的是悟性與機緣，根骨天生父母養，能改變得不多，悟性和機緣可操控的空間就大了。

這麼說吧，修仙到頭來，就是看修行者能與天地如何溝通，一般人修仙之所以難，就是溝通能力不夠，通曉萬物了就能窺見天意、成就仙緣。如何通曉萬物，簡單來說就是你多快學會人外的語言。

所以啦，自小懂妖言鬼語的我早就贏在起跑點上了，天地人妖鬼魔六界，天仙說的是人語溝通無障礙，魔語及妖語有七成相同，地仙其實就是高等鬼，就問從小可與六界溝通的人能有幾個？

這不是天生仙緣是什麼？

於是我興沖沖地從某個土地神那兒，打聽到能引領我修行的神仙在哪裡，帶著包袱上路了。

那時候土地神說，北方西方都有我的機緣，我正心急呢，想說北方離我近，那就往北走吧！騎隻小毛驢足夠了。

唉，現在想來，機緣是有的，好壞卻難說啊……早知道我就不該偷懶往北方走。約是在我上路後三天，某天下午我走得累了，恰好附近有間小廟能讓我歇息歇息，正好也問問仙人所在的地方。

我才剛走進廟裡呢，就聽到一陣嗚咽哭泣，那又細又微弱的聲音斷斷續續，要不是外邊日頭正高照，我保不定被嚇出個好歹。回頭想想，那時我應該要離開的，可惜事後諸葛毫無意義。那陣哭聲秀氣微弱又拖個長長的尾巴氣音，彷彿氣息要斷不斷，幽怨得讓人後背發毛。聽了一會兒後，我該死的又心軟了……果然，男人的心不能軟，該硬就得硬。

這間廟空蕩蕩的沒什麼人，廟裡的住持和尚也不知躲哪兒去了，我從門口循著聲找，除了兩三個香客與一兩個歇腿的行商外，沒再看到更多的人了。倒是那陣哭聲越來越悲切，簡直要趕上杜鵑泣血了。

最後，我是在柴房外找到了哭泣的那玩意兒——一把斧頭。

就是，用來劈柴的斧頭，它被插在一捆劈好的木柴上，哭得四周長出一圈白色黏滑的磨菇，鋒刃都鏽蝕了。

還不只是哭，它還抽噎，一顫一顫的，小磨菇也跟著一擺一盪，也不知道它的眼淚究竟從哪兒流出來的。

我原本不想管閒事的，眼前的斧頭一看就知道是開啟了靈智的小妖，先不管一把斧頭到底為什麼能開得了靈智，我對它實在有心無力。畢竟，假如開靈智的是隨便一隻小動物，我對著動物說話還沒什麼，旁人可能以為我喜歡動物。若是開靈智的是一棵樹、一朵花、一株草那也無妨，旁人頂多覺得我風雅得有些過頭了。

但眼前是把斧頭。

我甚至都不知道它鏽蝕的部分算不算它的臉。

這麼一想，趕緊轉身走吧！

「你是不是聽見我哭了？」這時一個嫩乎乎又含含糊糊的聲音傳入我耳中，看來肯定是斧頭妖在說話啊！它怎麼見到我的？

回答？不回答？還是別回答吧！我蒙頭就要往外跑，斧頭妖幽幽怨怨地又說話了：「你肯定是聽見了，我看到你臉都嚇白了。」

我下意識抹了把臉。

「哼哼，你果然聽見了，看，你抹了臉。」

敢情這把斧頭妖還會唬人？我還沒從被一把斧頭詐了的震驚中回過神，斧頭妖長長地嘆了口氣，「這位哥哥，既然你能聽見我的哭泣，看來我們也是有緣的，你不妨聽聽我的故事，就當讓我抒發胸中鬱氣。」

不是，你一把斧頭哪來的胸？你還叫我哥哥？開了靈智的斧頭妖當我祖宗都足夠啊！

不過看它可憐，我惻隱之心一動，躊躇了片刻，乾脆就認命了。聽斧頭妖訴苦也不是什麼苦差事，早聽完早離開也就是了。

斧頭妖高興壞了，又嗚嗚咽咽哭了大半個時辰才抽抽答答地開始說起它的故事。

「其實呢，我的出身很好的。」斧頭妖不知道是不是因為哭鏽了的關係，奶聲奶氣的：「當初打造我的人，可是干將和莫邪。」

我撐著臉正打算偷偷打個盹兒，猛地被嚇醒。

干將莫邪？

「你說的是干將劍和莫邪劍那對兒干將莫邪？」

「是啊。怎麼了？」

斧頭妖抖了抖，我猜它給了我疑惑的一瞥。

「不是，人家干將莫邪造的是神兵利器，怎麼會造了把……」斧頭。我把最後兩個字吞進肚子裡，可惜遲了。

斧頭妖沉默片刻，凶狠地抖了起來，怒道：「你這話什麼意思？你一個黃口小兒竟然看不起祖宗我！」

先前你不還喊我哥哥嗎？轉眼就成祖宗了……

「也不是看不起，就是……感覺，殺氣不夠？」

看斧頭妖抖得快從柴木堆上滾下來了，我只得趕緊出聲安撫：「是我不懂事，您別氣別氣，有話好好說。」

「哼！看你還懂得亡羊補牢，我放你一馬便是。」說著斧頭手柄顫了兩顫，這大概就是所謂的得意地撅屁股吧。

「所以，干將莫邪，怎麼造的你？」我怕不趕緊將對話導回正題上，會被耗在這兒一整日。

「怎麼造的我？當然為了用我啊！所以說，你們這些毛都沒長齊的人類腦子就是不好使，你想想，寶劍這種東西聽著高大上，其實平日裡壓根用不著。干將莫邪為了造出神兵利器以身祭爐，人可不比我們妖怪，就那麼一條命，兵器造出來人也沒有了，一輩子就造一把，別說多坑人了。所以這些鐵匠平時吃穿用度怎麼辦？造寶劍是不行的，得靠造菜刀、柴刀、斧子什麼的賣錢過日子。再者說，鍛造東西不是要用火嗎？燒柴也好燒炭也好，一開始不用斧子砍樹，你拿寶劍砍砍看，什麼削鐵如泥、吹髮即斷的寶劍遇上大樹，都是破銅爛鐵。」斧頭妖越說越得意，手柄彷彿又翹了翹。

「你說得有道理，是我淺薄了。」我本也不是愛與人爭辯的性子，也只打算趕緊讓斧頭妖把故事說完，自然它說什麼我應什麼。

「孺子可教。唉，你別看我現在狼狽，那是因為世事無常，想當年我可是干將莫邪鍛造的第一個作品，雖然他們總說是練手，但我心裡清楚，他們是很驕傲能鍛造出我這般好使的斧頭的。」斧頭妖嘆道：「後來，我陪了他們好多年，後來所有的木柴都是我砍下來的，最後，他們為了造名劍，終於把自己祭了天，我呢，也就被干將的親戚帶走了。之後的日子，我的主人換了又換，人間帝王也輪替了幾回，我某一天就開了靈智。」

「世事弄人啊。」我一臉唏噓，「那，好不容易開了靈智，怎麼卻在這種地方哭呢？」

「唉，小子，你還年輕不要急，聽我慢慢說來。話說，那應該是我第三百二十七個主人……」斧頭妖聲音裡滿是惆悵地開始訴說起它的斧生，可實在太拖沓，又太容易跑題，等它說到自己如何淪落到這間小廟的時候，我已經睡了一覺還吃了兩頓飯了。

刨去那些旁支末節，斧頭妖的故事也不算太稀罕。我聽過很多妖怪的故事都是類似的，簡單來說，斧頭妖在第三百二十七個主人時已經開靈智五百年，但因為是斧頭，依照主人的習慣它有時候被好好的收藏在屋子裡，有時候被隨意的擺在屋外，也因此它的修行斷斷續續，即使過了五百年，也還屬於蒙昧的階段，老是搞不清楚自己到底開沒開靈智。

總算，在第五百年，它修行有了小成，雖然不知何年何月才有化為人形的一天，但這日它總算能說話了。

儘管說得磕磕絆絆，它卻很樂於和偶爾巧遇上的妖物們閒聊。

某日，三百二十七號主人心血來潮，砍完了一天的木柴後，將斧頭妖掛在腰上，朝更深的山走去，斧頭妖不知道他想去哪裡，他的神識並不強大，還只能看到凡人目光所及之處，但他也不慌張，要知道它畢竟是個妖。

走了大約有半個多時辰，一股清甜的氣味隨風送來，這麼好聞的味道斧頭妖從未聞過。在它開靈智之前，沒有嗅覺只是把斧頭；在它開靈智之後，因為修行不易，也遲遲沒能擁有嗅覺，但直到這時候它才知道，原來自己不是沒有嗅覺，只是先前沒想過要聞什麼。

這個味道甜美得讓斧頭妖恨不得長出手腳，循著味道跑去，一輩子都不離開了才好。但它現在畢竟，只是把斧頭，別說化形了，它連說話都還說不好呢。

三百二十七號主人又走了小半會兒路，最後停在一棵桂樹下。

正是秋高氣爽的時候，桂花開得正好，金黃色細碎的花朵鋪在每一根枝椏上，彷彿罩上一襲金絲薄紗，隨著微風嚶嚶唏唏地搖擺著，彷彿少女的嬌笑，斧頭妖的胸膛（？）難以克制地火熱起來，猶如吞了一隻蝴蝶，正在裡頭撲騰。它癡癡地看著一樹桂花，整柄斧子都不受控制地微微顫抖。

它身為一把斧頭，自然不是頭一回見到桂樹，這麼美的桂樹卻是百多年妖生中僅見，它不知道自己該怎麼描述那棵桂樹有多美，氣味又多迷人，它只知道如果自己能化形，肯定再也不離開了。

三百二十七號主人顯然也是特意來看這棵桂樹的，怔怔地站在桂樹前仰著腦袋，眼中也都是癡迷。彷彿眼前不只是一棵樹，而是一個仙人，正拈花微笑。這個老實木訥的男人最後小心翼翼地在桂樹腳邊坐下，閉上雙眼後很快在沙沙的柔和枝葉磨擦聲，與沁人心脾的甜美味道中睡去了。

斧頭妖卻捨不得睡，它很慶幸自己手柄的部分竟然能隱隱觸碰到桂樹，胸口撲通撲通，想來所謂海枯石爛就是這種感覺吧！

「斧頭妖？」天籟般的柔語直入斧頭妖識海中，它顫了顫，茫然地左右張望。接著聽到一聲輕笑，「我活了幾千年了，還是頭一回見到斧頭開了靈智呢。」

斧頭妖還能搞清楚究竟是誰在和自己說話時，一抹穿著雪白直墜外套金色紗衣的身影由淡到濃出現在他眼前。

那是個男子，眉宇如畫、靡顏膩理，就算是看過成千上萬人的斧頭妖都沒看過這麼好看的人。男子體態看來極為輕盈，在清風中顯得有些荏弱，卻又屹立不搖。

莫名的，斧頭妖知道眼前的人肯定就是那棵桂樹了。

原來，竟是一棵得道成精的樹！

確實如斧頭妖猜測，眼前高大的桂樹早已經能化形了，他開靈智已有上千年的時間，修行得挺好已經隱隱有飛升的跡象。

兩隻妖一見如故，當然後來他們知道壓根就是一見鍾情，即使斧頭妖說起話來期期艾艾，桂樹也聽得認真而入迷。

緣分如此妙不可言。

直到三百二十七號主人醒過來，兩人才不得不停下交談，依依不捨地分別了。再之後，斧頭偶爾能在主人的攜帶下又回去探望桂樹，天南地北無所不談，也越來越捨不得和對方分開。

接著，桂樹離開了自己本體所在的地方，尋去了斧頭妖所在之處，整日整日長相伴，兩人好得蜜裡調油，就算斧頭妖完全無法化形，桂樹也絲毫不介意，還會趁著夜深人靜，將斧頭抱在懷裡偷偷地紅了一張粉白的臉。

後來，三百二十七號主人過世後，桂樹便帶著斧頭妖離開，兩人攜手遊歷大江南北，感情越發地深厚，簡直到了你中有我我中有你的地步了。

可惜好景不長，轉眼幾百年過去，桂樹即將渡劫了，這一渡劫順利則可飛升天界，不順可能魂飛魄散，兩妖抓緊最後的時間耳鬢廝磨，很幸運的桂樹順利飛升。

臨走前，兩人淚灑荒土，哭得不能自已。桂樹只來得及將斧頭妖拋擲入一間小廟，希望它能藉著佛光普照，繼續修行之路，兩人好有機會在仙界再次相遇。

可惜啊可惜，不知道是種族問題還是悟性問題，桂樹都飛升有三百年了，斧頭妖這會兒依然無法化形。

它心裡那個苦啊，痛不可遏，數月前因為思念桂樹成疾，日夜啼哭，最後把自己都給哭鏽蝕了，眼看離飛升之日更加遙遙無期……

大概是這麼一個經過。

「這可真苦了你們了。」我心裡不免同情，有情人無法終成眷屬，也算是天下至悲至哀的故事吧。

「唉，我心愛的小桂兒，不知在月宮中過得好不好？三百年歲月如白馬過隙，可對我來說卻是在砂鍋上煎熬啊！他會不會因為太思念我而瘦了呢？」斧頭妖還絮絮叨叨個沒完，我想自己也該跑了才是。

畢竟吧，修仙這條路誰也幫不上忙不是？可見斧頭妖說著說著又嚶嚶哭泣起來，我又有些於心不忍了，一時沒管住自己的嘴問：「節哀，也許……修仙這條路對你來說太難了，你不如找個仙人，請他把你帶去桂樹身邊如何啊？」

前後修了上千年的仙都無法化形，可見開靈智說幾句話已經是斧頭妖妖生的巔峰了，我有些不忍心見它繼續哭下去，省得哪天就把自己給哭斷了，那鏽蝕厚得人膽戰心驚啊。

我這張嘴……我這張嘴……怎麼就是愛多說一句呢！

那頭，斧頭妖聽了我的建議後，突然沉默了，手柄也不顫了，彷彿恢復成一把再普通不過的斧子。

我就應該趁這個時候離開！怎麼就管不住自己的心軟呢？千百年來我總是在問自己這個問題，可惜無解啊！

「這位哥哥。」

——不，你前面不還自稱祖宗嗎？到底打算怎麼叫我，能不能想好啊！

「我覺得，你這個意見善，大善！」

「喔，是嗎？」

「對的，這位哥哥，還沒請教您尊姓大名？」我感覺斧子上的鏽蝕是不是淡了些啊？好像還有些發亮啊！

「免尊姓吳，單名剛，西河人。」我抖了抖，提著嗓子回答。

「好名字，你不介意的話叫我阿斧吧。」斧頭妖的聲音親暱得彷彿浸了蜜糖，總感覺大事不妙啊！

「阿斧啊……好名字……」也真夠偷懶的。

「我的小桂兒替我取的名字，果然有靈氣。」斧頭妖得意洋洋起來，鏽蝕似乎又更少了些。

「對了，吳剛啊，都說『百年修得同船渡，千年修得共枕眠』，今日你我也算是有些緣分。」

我總算能確定了，這斧頭妖千百年了還沒能修成正果，肯定是腦子不好使。但依然陪笑道：「天生萬物，講求的都是緣分啊！阿斧，這樣吧，我呢還要繼續旅程，要是路上遇到土地公什麼的，就替你祈求兩句，也許哪天就有仙人被打動願意帶你去見桂樹了。」

「慢著！你難道打算將我棄於不顧嗎？」

啊？不是啊，咱們萍水相逢，哪有棄不棄的問題呢？真要說，明明是你的小桂兒把你棄在人間啊！可我也不敢把話說得這麼白，還不是因為怕斧頭妖又哭，那鏽蝕嘖嘖嘖，看得人膽寒。

「不不，咱們這也才第一回見面，我也只是個平凡人，著實幫不了您什麼忙。您看是不是？不如我替您捐幾個香油錢給這座廟的廟靈，保不定能有什麼幫助？」話都說到這個分上了，斧頭妖應該能知難而退了吧？

誰知，這斧頭妖卻偏偏精明了起來，它沉吟片刻，在我往外走了第五步的時候開口：「這位少年，你想修仙嗎？」

「想！」我千辛萬苦地往北邊走，還聽了斧頭妖與桂樹的情情愛愛，為的不就是找一塊修仙的敲門磚嗎？

「少年，我知道哪兒有願意收徒的修仙人。」斧頭妖身上的鏽蝕消失得差不多了，熟鐵打造的斧身閃閃發亮，我幾乎能看到它得逞的微笑。

事到如今還有什麼可矯情的，這大概就是土地神說的機緣吧！雖然坑了些，但都說天將降大任於斯人也，吃點苦頭有什麼大不了？百年修得同船渡嘛！

「求前輩指點！」

「指點說不上，我只希望你能帶上我，等哪日修行有成時，帶我去見我心愛的小桂兒。」一抹柔和的如水月色從雲朵間灑落，恰好浸了斧頭妖一身，仿若籠罩了一層青色薄紗，隨著微風吹拂而搖曳擺盪。不愧是妖，想裝逼的時候，裝得還特別有一手。

雖然這把斧頭妖太愛哭也太聒噪了，但想到自己的仙緣……我一咬牙一跺腳，從了就是吧！也算是送妖送上天，替自己博點功德金光了。

這不，我帶走了斧頭妖，在它的指點下拜入師父門下，本想著應該可以好好修行了吧！想我如此根骨如此悟性，還跟了個退休仙人當老師，未來前途不可限量，我自己想了都會害怕啊！

我知道這時候一定有人說，既然斧頭妖成了那塊替我敲門的磚，我自己不努力的鍋怎麼還有臉拋到它身上？它不過就是把可憐的小斧頭，悟性不足千百年了還修不成人型，甚至都只能說妖語不會講人言，我怎麼這麼殘忍這麼無情、這麼無理取鬧！

唉，說起來又是一把傷心淚。我說過了，我這人最大的短版就是心軟。

當我正要開始修仙之路的時候，斧頭妖，它又，哭了。

它躺在可以看見月亮的窗邊，斧身浸淫在月光之下，嗚嗚咽咽地哭得我夜不能寐。它哭訴我不認真向上，說好要修仙的，怎麼卻學起了醫？這是想仗劍走天下，懸壺濟世嗎？那它何年何月才能見到他的小桂兒？早知道我欺騙了它（我不是！我沒有！）就不帶我拜師修仙了，男人都是大騙子！

別以為你是把斧頭就可以罵男人大騙子啊！我記得你說過自己也是把公斧頭！

「我是公妖精，才不是男人呢，哼！」斧頭妖幽幽地啐了口。

神他媽公妖精！

三天後，我不得不硬著頭皮，跑去向師父說我對學醫沒有興趣，想放棄了。其實我可有興趣了，那些草藥啊、礦石啊、小蟲子啊，別說多可愛了，我從小都在野地裡撒歡，它們可都算是我老鄉呢。

師父倒沒說什麼，捋了捋白鬍子，點點頭，說：「好吧，那明兒就學下棋，安定安定你的道心。」

那也不錯，我開開心心的謝謝師父，第二天愉快地下了一天的棋。

夜裡，斧頭妖又哭了……說什麼學醫好歹能累積功德金光，救人濟世和修仙還能攀上點不遠不近的關係，雖然要飛升得花多點時間，至少還有機會。可下棋？這是沒打算要修仙了？啊啊，小桂兒啊！小桂兒啊！小桂兒啊！

它還真就整整哭了兩晚上的小桂兒，哭得我睡不好也吃不下，只得向師父說下棋太無趣了，我不想學。其實下棋多好玩呢？從棋子排布中，隱隱能悟得人世變幻與無常，對我的道心可有助益了。

師父這回沉默了好一會兒，幾乎快把白鬍子給捋掉了，半晌後才嘆口氣道：「好吧，你畢竟求的是仙途，為師就教你如何修仙吧！」

我深深感到對不起師父，可我也不過是滾滾紅塵中被操弄的一顆棋子啊！

這回，斧頭妖應該不會再作妖了吧？

不！我還是天真了！

第一個晚上，斧頭妖又又又哭了！這回哭得整把斧頭都在顫抖，照在斧身上的月色都黯淡了，那模樣活似我始亂終棄了它似的。

「不，我發現你悟性太低啊！與其等你修仙，我不如靠自己吞吐日月精華。天啊，我的小桂兒！你是不是瘦了？你是不是還在哭？你是不是想得我都吃不下飯了？」

「我才第一天修行，你……」被一把千百年都化不了形的斧頭妖這般懟，我哪裡嚥得下這口氣？正想回懟呢！就看斧頭妖咚一聲從桌子上立起，鋒刃的地方對著我，激動得嗡嗡作響。

「你的無能恐怖如斯，著實令我倒吸一口涼氣！別說一天，我半天就看出來了！不成！我和小桂兒已經分開太久了，我知道你是好人，但你要成仙恐怕……既然你都幫我了，那不如幫妖幫到天？我有個想法，你聽聽合不合適？」

肯定不合適！我下意識就想拒絕，但看到斧身上濕漉漉的水印子，又於心不忍了，只得不甘情願地點點頭。

斧頭妖這下來精神了，嘰嘰呱呱把自己的計畫說了。

簡言之，就是讓我去向師父說修仙太無趣，有沒有更簡單的方式？

我師父疼徒弟的話，就會用很多靈丹妙藥供著我，堆高我的修為，加快我飛升的速度，這樣他就能早一日見到小桂兒了。

我真是中了他的邪……竟然答應下來了。其實吧，我心裡想的是，師父肯定大發雷霆，要我好好修行不要走旁門左道，我也許可以趁機告訴師父斧頭妖的事情，也許求師父把斧頭妖送走，好讓我能專心修行。

可我千算萬算，算對了師父會生氣，卻沒算到師父會氣成這樣，竟直接將我扔到月亮上了。扔上月亮也罷了，若能把桂樹砍倒，還能繼續我的修仙之路，然而……當年土地神是不是坑我？果然神坑！這棵月亮上的桂樹，竟然就是斧頭妖的小桂兒！

我剛從昏睡中醒來，就聽見斧頭妖歡欣鼓舞地喊叫著：「喔喔喔，我心愛的小桂兒！我終於見著你啦！你想不想我啊！我是你的阿斧啊！快讓我瞧瞧你，你瘦了！你的花也沒先前那般豔色迷人了！是我的錯，我這個傻瓜，當年就不該悶著一口氣非要靠自己飛升，讓我倆相思成疾啊！」

我彼時顧著看師父寫給我的信，內心何止絕望。我當年就該往西邊走，迷失在大漠中都好過眼前的一切！

斧頭妖還在那兒訴說三百年來的相思，桂樹嘩啦啦地回應，大概是害羞的關係，我只聽到類似：「嗯、是啊，我也想你……」之類的簡單回答，對斧頭妖來說已經足夠了，連氣都不用喘說個沒完。

好吧，至少，我對得起斧頭妖了……嗯？慢著，好像有什麼不對啊……待我想想……我被師父扔上月亮，師父說要我砍了桂樹後就能原諒我。

好，這不難，斧子我有，就在旁邊嘮叨，雖然常常哭得一身鏽蝕，但好歹是把鋒利的斧子，干將莫邪鍛造的呢。桂樹也有了，十里飄香滿樹金黃，是棵漂亮又高大的好樹，正羞羞答答地聽斧頭妖的示愛呢，很好！所以……

嗯？桂樹正羞羞答答地聽斧頭妖的示愛？瞬間我彷彿五雷轟頂。

我的斧頭和那棵桂樹是一對兒愛侶啊！

我拿斧頭砍桂樹，不就是讓一對愛侶刀刃相向嗎？天要亡我了……天要亡我了！這還怎麼完成任務？師父肯定會氣死，跑到我面前哼哼哼，哼死我！

不行不行！我得把話問清楚！要知道我的目標是修仙，搞成今天這個地步已經賠到連底褲都快留不住了，好歹給我點盼頭吧！我自認一生幫人無數，從未行過一次半次的惡啊！就連這把斧頭妖也是靠我才終於和他的小桂兒見著面的。

一回過神，我才發現斧頭妖講起騷話，撩得桂樹金黃花朵都染上了粉紅，物種都差異成這樣了竟然還撩得動？

「兩位！兩位！請恕我打擾一二，看在我也算是豁出去成全兩位的份上，能否聽我一個請求？」但我也只能硬著頭皮上了。也許可以委婉點……

斧頭妖抖了抖終於停下聒噪，桂樹也晃了晃示意我有話便說。

「能讓我把桂樹給砍了嗎？」

對不起，我想不到可以怎麼委婉……

頓時，連風都不敢喧囂了……斧頭妖用鋒刃對著我，桂樹也僵住了般一動不動，我感覺非常地尷尬。

「你們冷靜聽我說！」我一聲大喝嚇住了差點向我撲來的斧頭妖，接著連忙把來龍去脈說清楚，省得他們怨恨上不該怨恨的人，要知道我才是那個被命運操弄的可憐鬼啊！

聽完我的話後，斧頭妖和桂樹沉默許久，久得我和好奇湊上來打招呼的玉兔與玉蟾都叫上兄弟了，才聽見斧頭妖幽幽地嘆了一口氣。

「小桂兒，這都是我的錯……是我太心急，急著見你沒能好好修行，這是天道降下的懲罰啊！我如何捨得！如何捨得！用我銳利的鋒刃畫破你白皙柔軟帶點兒小雀斑的肌膚！想到你透明微稠的汁液傾瀉而出，纖美飄香的花苞撒落一地，最後羸弱的腰肢不勝其苦，向不公的命運彎倒……我的心就淌血啊！我如何見得你受如此折磨！都怪我！」

簡直比唱大戲還有感情。

但，桂樹皮是灰褐色的，哪來的白皙？這斧頭妖怎麼能把砍樹講得這般……不堪入目？果然是個斧才啊！

「不怪你的。」桂樹嚶嚶唏唏地回答，他如今是個仙了，自然不用像斧頭妖那樣只能神識傳音，一開口說話滿冠桂花就發出濃香。「原本我以為要等上幾千年才能與你重逢，如今才三百年我們就再會了，全是吳剛的功勞。他身負仙緣，要不是遇上我們這個劫難，本該揚名天下，成功飛升。我知道你心疼我，可是阿斧，修行者最擔心沾染因果，當年我遇上你這個情劫，險些折了進去，萬幸我們一片赤誠得天道認可。如今，我怎能讓他為我們欠下因果呢？這對你的修行大大不利啊！」

敢情你掛念的還是斧頭妖沾染因果修仙不易，而不是覺得應該禮尚往來嗎？我苦啊，卻只能在旁陪笑，畢竟這會兒我的仙緣可都攢在別人手中……

「小桂兒！砍在你身上，疼在我心裡啊！你可知我的心千瘡百孔，恨不得回到一開始，別和這吳剛小兒瞎攪和了。」

斧頭妖又開始哭了，可明明想哭的人應該是我才對啊！您老哭什麼呢？嫌這頓白吃的午飯不夠豐盛嗎？我都快被坑死了！

「阿斧，為了你，什麼苦我都吃得！你儘管來，不要害怕。砍斷了沒什麼，就是有點疼，很快就又長好了。只是，我頭髮沒有了，你可不許笑我啊。」

「不笑，我哪裡捨得笑你！小桂兒，你是最好看的小桂兒了，就算你沒有頭髮，連眉毛都沒有，在我眼中依然是當年那副彷彿穿著金絲紗的模樣。我會疼你，一輩子疼你。」

「阿斧！」桂樹一頭米黃花朵又染紅了……這不是頭髮嗎？

「小桂兒！」斧頭妖的鋒刃綻放出亮眼的白光……這到底是哪個部位啊？

「阿斧！」

「小桂兒！」

「阿斧！」

「小桂兒！」

……

好吧，不管開頭如何，結果能是好果我也不多求什麼了。

可惜……我還是太天真了……

總算第二天斧頭妖與桂樹訴完衷腸，准許我伐桂了。簡直感天動地！

我拿著斧頭妖，繞著桂樹走了一圈，樹幹瞧起來是挺粗壯的，畢竟是得道的仙人。樹皮也很光滑，要說是柔軟白皙勉強也行，確實是一棵國色天香的桂樹。這種大小，我努力個一兩天應該能砍斷才是。

點點頭，打定主意，我對斧頭妖說：「那我動手啦？你可千萬要忍住別哭，一哭就鏽蝕了，會傷了桂樹的內裡。」

「用不著你提醒，趕緊吧！別折磨我了。」斧頭妖語帶哭腔，故作堅強。

死道友不死貧道了！就是幹，不要慫！我抬起手一斧子落下。

「啊啊啊啊啊！小桂兒，我心愛的小桂兒啊！你疼不疼？我會不會太粗，撐著你了？」

嗄？粗？撐著？我只是砍樹啊！

「不，你鋒利又敏捷，我很舒服。別怕嚇著我，再來，更用力些也無所謂的。」桂樹羞答答地回應。

我的臉上五顏六色，簡直無顏見江東父老……兩位，我求你們別說話了，小子我手軟啊！

忍著腹誹，我咬牙落下第二斧。

就聽斧頭妖這回喊得更大聲了：「小桂兒，這回夠不夠快？舒不舒服？要是不行，你千萬要跟我說……噯，小桂兒，你的內裡可真嫩啊。」

「阿斧哥哥我很舒服，可你慢一些，讓我緩口氣……」

我說，兩位妖祖宗！咱們這可是全年齡向的啊！算我求你們了可以嗎？別說了！

可惜，我只能姑且把淚水往肚子裡吞，一邊砍樹一邊聽兩妖如糖似蜜，也不怕嘔死。

想著，我還是趕緊地把桂給伐了吧！再繼續聽這些甜言蜜語，我怕我心裡不平衡啊！

然而，老子說得對，道可道非常道，天道有多調皮，我算是見識到了。

當我好不容易習慣了兩妖的你來我往，也好不容易將桂樹伐出一道大口子時，斧頭妖突然喊著他累了。

我都不嫌累，他累什麼？累著感受他的小桂兒內裡有多嫩多白多多汁嗎？不過我也只能姑且忍忍，說好了只歇息半個時辰。

何其不幸地，因昨晚沒睡飽，適才又累了大半天，我一時不慎竟睡著了……待我猛然驚醒，天色已然昏暗，一旁的斧頭妖和桂樹依靠在一塊兒，破天荒地沒說話。我還正欣慰呢，想說他們也挺體貼，讓我睡個好覺。然而再仔細一看……

「口子呢！」我抱著頭吼叫。

原本被砍出一道口子的桂樹幹，現在又恢復到原本的光滑如新，上頭一個小擦痕都找不著。我簡直蒙了，我這是睡迷糊了還是穿越了？

「吳剛哥哥，是這樣的。」桂樹這時候開口了：「這棵桂樹畢竟是我的真身，也就是說是仙體。仙體很難受傷，就算傷了，只要我的根還是完好的，就會慢慢恢復原狀……先前看你睡得香甜，不忍心吵醒你。一不小心，那道刀口就癒合了。」

癒合了？癒合了！天崩地裂也不過如此吧！為什麼沒有人事先告訴我，幫桂花樹妖成得先剃個頭，當中是不能休息的！

「好啦，別氣了。你就算適才沒睡，也趕不及在想睡前剪了小桂兒的頭髮。說到底，就是你道行不夠，持久力不足啊！這樣吧，今天你先回去好好睡一晚，明兒養足了精神一股作氣吧！我可捨不得日復一日用我粗糙的身子弄得小桂兒不舒坦呢。」

你就少說幾句騷話吧！

我欲哭無淚，傻傻地跪在桂樹前。師父啊師父，你為何非要我伐桂？罰跪不行嗎？我願意跪三百年！

至此之後，我天天帶著斧頭妖伐桂，聽他小桂兒好嫩、小桂兒舒不舒服、小桂兒這樣行不行、小桂兒夠不夠等說個不停，然而無論我多想拚著一口氣把桂樹伐了，卻總是差臨門一腳，總會莫名地愛睡，還控制不住地非睡不可。

這桂樹，自然沒伐成，至今也數百年時光了……唉，我也習慣成自然，大概這就是我的仙緣吧！儘管坑了點，長生不老倒是穩了。

是說，這斧頭妖和桂樹該不會真以為我沒聽見他們偷偷說：「欸，吳剛這小子挺老實，都沒發現是小桂兒施法讓他睡去的。」

唉！神坑！

（完）

i創作 008

一本正經胡說八道

國家圖書館出版品預行編目（CIP）資料

一本正經胡說八道/ 王說等著. -- 初版. -- 臺北市 :
愛呦文創, 2020.06
冊； 公分. --（i 創作 ; 008）
ISBN 978-986-98493-7-1（全一冊：平裝）

857.61 109006227

愛呦文創

作　　者　王說、扶他檸檬茶、兩色風景等
封面繪圖　一輛YiLiang
責任編輯　高章敏
特約編輯　劉怡如
文字校對　劉綺文
行銷企劃　羅婷婷

發 行 人　高章敏
出　　版　愛呦文創有限公司
地　　址　10691台北市忠孝東路四段59號10-2樓
電　　話　（886）2-25287229
郵電信箱　iyao.service@gmail.com
愛呦粉絲團　https://www.facebook.com/iyao.book

總 經 銷　聯合發行股份有限公司
電　　話　（886）2-29178022
地　　址　231新北市新店區寶橋路235巷6弄6號2樓

美術設計　廖婉禎
內頁排版　洸譜創意設計股份有限公司
印　　刷　沐春行銷創意有限公司
初版一刷　2020年6月
定　　價　280元
I S B N　978-986-98493-7-1